U0057519

AQUARIUS

AQUARIUS

AQUARIUS

AQUARIUS

每個人心中都有一座島嶼，

藉文字呼息而靜謐，

Island，我們心靈的岸。

鬼拍手

姜泰宇（敷米漿）

目錄

楔子

鬼拍手

我們先說一件事情。這件事在我成長的這段路，始終困擾我，並且百思不得其解。高中的時候，學校靠著山，有一棟樓偎著山邊，說是自然科大樓，可是卻鮮少看見有人去那邊上課。

我與當時的好朋友，他的家境不錯，可我總是為了抽菸、打撞球什麼的，中午經常省下來不吃。他算是一個不錯的人，有時候零用錢多了會買個便當給我，有時候只買一個便當也會分給我吃。那棟自然科大樓，經常就是中午我跟他兩個人吃飯的地方。說是大樓，其實也就三層樓，用語言說明有點困難，但是用畫的對我來說就更加艱困了。

總之，三層樓，左側與右側各有一個樓梯。我與他經常在二樓的樓梯間吃便當，就蹲在樓梯上面，一邊胡說八道，一邊點著菸。那個年紀在學校抽菸是要被記大過的，我們躲在這個地方也算小心翼翼。為什麼不去教室吃呢？你乾脆問我怎麼不去校長室吃好了，都說會躲起來偷偷抽菸了。當然最主要原因，是出了樓梯往走廊的方向，被一道鐵捲門擋住了，那是柵欄式的電捲門，可以清楚看見走廊，以及走廊邊上的所有教室。

一樓往二樓的樓梯，是正常有往上以及往下的樓梯的。二樓往三樓很莫名其妙，只有西側樓梯能往上、要往樓下只能走東側樓梯，西側的被鐵門關死了。像我這種方向感差到偶爾回家都會迷路的人，怎麼也搞不清楚東側往上還是往下。有一次我倆抽菸無聊，買了一手啤酒過過當大人的癮，我喝了不過一罐就有點茫，不知道怎麼搞的，竟然把二樓的電捲門給打開了。那一次也許因為喝多了，也許歸咎於我本來的方向感太差勁，我就在二樓迷路了，好像怎麼走都下不了樓一樣。

我們倆在那裡，一人拿著一罐啤酒繞啊繞，畢竟就在學校裡頭，也不怎麼怕。可是走著走著，數學比我好的那個同學，彷彿想起了什麼一樣，停下了腳步，皺著眉頭看我。

「楊樹，你有沒有發現，我們上上下下的。這棟樓有點奇怪。」那個同學這麼跟我說。

「哪裡奇怪啊？還不就你方向感太差，帶著我繞圈，午休時間都快過了，看來我們兩個又要被罰整理環境衛生了。」說完，我又咕嚕喝了一口啤酒。

「別鬧，你仔細想想，我們是不是上上下下，走了四層樓？」

「這棟樓也就三層，難不成我們還跑到地下室了？」沒道理，走到哪裡都可以看見陽光的，斷沒有走進地下室的可能。

「不太對，我們算算。」

看見他那麼嚴肅，我的酒好像瞬間醒了不少，點起菸，我們默默地從所在的地方往上走。往上只走了一層，就到頂了，接著我們往下走，這的確是最好計算的方式。這麼一來，往下走了幾層，就代表這樓有幾層。

第三層。

第二層。

第一層。

幹。又是第一層。

我們倆面面相覷，一時之間頭皮都麻了起來，啤酒啊、香菸啊、打火機什麼違禁物品都不關我們屁事，找到了熟悉的地方拔腿就跑。那個年紀的小鬼啊，什麼沒有，什麼都不說破的默契倒是牢不可破。那一天之後，我們好久好久都沒再去那棟樓瞎混中午的吃飯時間。抽菸也跟著學校裡頭的壞學生一起，躲在邊上，有主任還是教官來了，反正他們壞學生目標大，在邊邊的我們跑得了。

不知道多久以後，現在回想差不多也要畢業的之前，我跟那同學鼓起勇氣，回憶起那個讓人背脊發涼的中午，總算是再次回到那棟樓。遠遠地看，以前不感覺，這次倒是真的覺得這建築物不簡單，不能說是陰森，畢竟那太drama了，但是真的感覺出它的氣場有點不同。

「屁，什麼屌氣場，我說就是那天我們喝太多。」那同學狠狠吐了一口唾沫。

「跟你說這些也沒用，你仔細看。」我指著那棟樓。

一、二、三。

從外頭看起來，的的確確，這建築物相當清白地就是三層。不知道為何我的胸口很癢，基本上我是個膽小的人，這時候胸口一癢，我就知道我的好奇心在作祟了。

「不如，我們再去驗證一次看看，這次我們誰也沒喝酒，再錯就是真的有問題。」

那同學看著我，一臉傻笑，彷彿我是個蠢人。

「你就是個蠢人，去看看有什麼好怕的，就笑你不敢。」

好吧，那年紀就是那麼青春無敵，吃水煮蛋都連著殼一起吞的。

我們兩個還是挺起胸膛，我還虛張聲勢地吐了一口濁氣，往那棟樓走去。那同學往前走時，我沒有忘記他還對我回頭笑了一笑。一般這種設定，大概要出大事了，我心裡真是他娘的不安到了極點，依照好萊塢的劇情，我這同學大概要領便當了。

然而到了很多年以後，我才知道他那微笑代表著什麼，完全不是我想像的那樣。我以為這棟建築是個謎，沒想到這點小玩意兒根本連謎都稱不上。如果硬要說，只不過是個hint，像個線頭一樣的提示。當然，那時候我是什麼都不知道的。

你們猜，這建築究竟有幾層？不難猜。

四層。

第一章　這一切的開端

是誰在廚房？

這個社區不是很一般。

大能路當時被開發的時候，號稱小天母，街道綠意盎然，離鬧區很近，卻又不是那麼過度繁華導致讓人鬱悶。大學畢業服完兵役之後，恰好遇到金融風暴以及雷曼兄弟破產，什麼工作也找不到，那時候真想乾脆放棄自己，跟大家一起考研究所算了。

後來我便是在這大能路社區不遠處的傳統市場裡頭弄了個小攤位，賣起了早餐飯糰。僅僅只有飯糰，飲料只有豆漿。攤位在市場最外頭，算是異常顯眼的位置，剛剛好對著一條小一點的街道，以台灣傳統的說法而言，這樣的地理環境叫做「路沖」。

路沖對於住家是不好的，至於怎麼不好，當時的我完全沒有概念。不過當時租這個攤位時，那個阿姨跟我說，做生意就是要選路沖，沖得愈大，賺得愈多。想想，如果可以沖到一條像台北市信義路那種大馬路，我肯定就發財了。

很久很久以後，我無意間跟不洗頭說起這件事，她才幽幽地告訴我，不是所有路沖都對做生意很好。我那個攤位是在隔年九月收攤的。九月死氣走寅甲，我那攤位的方位恰好就是寅甲，也算是倒得極為巧妙。

而整條大能路的虎邊靠山，山前卻有大落坎，風積不散，百草不生，遠遠看起來好像一頭虎蹲著一樣。如果平順平順倒是還好，如同所有住在大能路的人一樣。最糟糕就是虎邊出了問題，好像兩虎對頭或者虎眼上吊，這都是不好的。

其中最恐怖的狀況就是這個社區。虎邊積水、龍邊無陽。社區又不知道是哪個蠢蛋建築師規劃的，社區大門的公共空間種滿了槐樹。槐樹聚陰，加上位於附近南大溪的南側，又屬陰（山南水北為陽，山北水南為陰），整個構造看起來恰恰好就是「白虎銜屍」。

我賣飯糰時，很多客人就是來自這個社區。因為網路搜尋太過方便，我不能直接說出這社區的名字，只能暱稱這社區為「冠絕強國」社區。當然那時候我還不知道什麼玄武拒屍、白虎銜屍，只知道每天凌晨三點起床備料的日子很難受，而且正妹通常不吃早餐。尤其是我賣的這種超大、超豪華的巨無霸飯糰。

我來到這個傳統市場賣飯糰頭半年，就發生了震驚社會的凶殺案。女老師在強國社區的停車場，被殘忍殺害，屍體丟入社區的水塔，而最終這個凶手只得手了五十八塊新台幣。

新聞鬧得很凶，偶爾還會聽見來買飯糰的客人談起這件事，甚至還有女老師的同事說起，那女老師前一陣子看起來精神不是很好，大家都很擔心她的健康，沒想到發生了這種事。我心裡也感嘆，有時候人心真的很可怕，為了區區五十八塊新台幣殘忍下手，真不知道那個凶嫌心裡在想什麼。

鬼拍手

事情很快就被日常生活的種種洗掉，而且是一乾二淨的那種。過了沒多久，總之不會超過半年，我的飯糰攤就收掉了，原因當然就是經營不善、入不敷出。當小老闆的夢想不到一年就破滅讓我有點醉生夢死，還記得至少有一兩個禮拜我都渾渾噩噩，每天買啤酒在家裡喝到天昏地暗，過了好一陣子失去時間意識的人生。

這種好日子不會過太久，因為我再也沒錢買啤酒了。有因就有果，因為我經營不善，飯糰攤倒閉，導致我醉生夢死。也因為醉生夢死，不得不再次振作起來找工作養活自己。說起來也不由得不相信，人一旦氣場不對、氣勢低迷，特別容易胡思亂想，或者看見無法理解的東西。那一天真的混不下去了，我穿了件勉強算是不錯的POLO衫，白色的，回家找家長了。

打不贏就找家長是正常的，只是這次我打不贏的對象是生活。

這邊必須先說說我家的格局，那是一種社區型的透天厝，一樓是客廳以及餐廳廚房，二樓是一間小和室以及父母的房間。我的房間則是在三樓。一回家我就聽見了母親似乎在廚房準備晚餐還是洗碗的聲音，我大喊幾聲「我回來了」，隱約聽見母親要我把手洗一洗，先吃飯。當然這也是我刻意的，前一天電話告知要回家一趟的時候，就預估了剛好是晚餐時間，可以順便吃一頓。

隨意瞄了一眼，看見母親的側臉，我就乖乖地進了廁所洗手，還大喊著「沒有洗手乳了啦」這樣的沒禮貌的內容。大概就在我喊完這句話的同時，真的幾乎在我尾音一收的同一秒鐘，本來因為進了廁所斷斷續續可以聽見的、從廚房傳來的洗菜、瓦斯爐、抽油煙機的聲音，瞬間歸零。

那種感覺就好像吐氣吐到一半突然憋起來一樣讓人難受，但從小到大就不是對這些事情很在意的我，以為這麼恰好可以吃飯了，肚子也那麼配合地咕嚕叫了一聲。

雖然覺得有點怪怪的，但我還是推開了廁所的門，大概也就在同一秒鐘，我看見母親轉開門把從門外進來。那一幕我的印象非常深刻，是確實有著鏡頭轉換的。這麼說好了，我一推開廁所的門，眼神瞬間停留在左前方家門的門把，也就在那一秒鐘，門把轉動，那是鐵製的握把，水平，打開必須九十度往下。我就這樣看著這個門把慢慢地從水平變成垂直。

然後母親走進來。

「這麼早就回來了？」母親關上門，一切都像慢動作一樣：「洗個手先吃飯吧。」母親接著走到客廳的桌上，把桌上的塑膠袋放下，裡頭看起來像是幾個便當盒，傳來很香很香的氣味。

這個時候我才跨出從廁所往外的第一步，下意識回過頭看著右後方的廚房。裡頭沒人。我拍拍自己的兩邊太陽穴，「馬的，以後再喝那麼多我就出門跌倒。」我這麼對自己說。

始終，我沒有跟母親說這件事，沒有告訴她我甚至以為她在廚房弄著我的晚餐，而不是買外頭的、我喜歡吃的便當回來給我吃。不是怕嚇著了老媽，而是怕她以為我出門在外染上了什麼惡習，神智不清之類的。

那天母親給我的感覺非常一般，沒有特別親切也沒有特別關心我的近況。沒有對我的生活狀況如同以前一樣問個不停，然後我回答的時候又拚命打斷，然後轟炸式地不斷念我這個念我那個。就是很平常，像以前放學回家，老媽下班來不及做晚餐而買外食回來的樣子。一直到吃完了收拾好垃圾，老媽塞給我一個信封袋，要我先拿去用，以後賺錢了再還給她。我捏著信封，覺得鼻子的上緣靠近雙眼眼頭的地方好像被什麼東西，也許是晒衣夾給夾住了一樣，很緊、很痠。

「我決定先去當房屋仲介，前三個月底薪就有四萬五，我會立刻還錢給你。」

我低下頭，這個年紀了還跟母親拿錢，真的很難堪。

老媽笑了：「你還記得以前我帶你去看房子看土地的時候啊！」

看見老媽的笑容，我的心頭就鬆開了一點。

當然我只是去應徵房屋仲介，一切從頭學起。但老媽可不一樣，她可是有代書執照的，而且是在她四十五歲臨時決定去考就考上的。

小時候她經常騎著機車帶我大街小巷地在電線桿上貼廣告傳單。貼傳單的背膠還要自己煮，煮得一鍋糊糊的醬，放沒多久就會很臭很臭。我猜老媽是以為我有一種想「繼承家業」的感覺吧！也許冥冥中有些關聯，但不知道為什麼，老媽帶著我到處跑的時候，我已經國小了。

我是個記憶力很不錯的人，連小時候哪個同學叫什麼名字，有些時候甚至連某一天下午

第幾堂課，那同學桌上放了什麼牌子的汽水我都記得。唯獨老媽帶我去跑房子看土地的時候，我只能隱隱約約記得那些事情，細節卻是非常非常模糊，就好像有人刻意把這幅畫的表面用力揉、用力揉，讓畫面變得很皺很皺一樣，不是整個色彩線條糊掉，是皺掉。不知道這樣的形容有沒有人能夠理解。

「我還記得啊。」我沒有說謊，我記得那段時間，但是不記得細節了。

老媽很滿意地笑了，然後上樓從和室裡面拿出幾本小本子，有的封皮是紅色的，有的是藍色的。都是一些地政士、不動產經紀人的參考書。

「公司在哪裡？」媽媽遞給我，很高興地問我。

「大能路的仁愛房屋。」我說，順手拿起小本子翻了翻。

母親臉色突然變得有點差，欲言又止的樣子。當然，這是我發現我說完話，她好一陣子都沒回答之後，抬頭才發現的。

「怎麼了嗎？」我放下小本子。

「你還記得以前媽媽帶你在大能路附近跑客戶時候的樣子嗎？」

「嗯……大概還記得一點。」我說，其實真的很模糊。

「可能你那時候太小了吧。」老媽嘆了一口氣。

「總之，」老媽拍拍我的肩膀，「好好努力，不要喪志。」

我笑了，沒有多說什麼，但是口袋裡那個信封袋感覺很沉重。

回家的路上，突然間那幅圖的某一個角落，很突兀地被熨斗燙平了。

很難解釋的感覺，我感到很抱歉。我實在想不出來那一瞬間的狀態該怎麼形容，就好像、就好像……瞬間那幅圖被燙平了之後，那一部分的畫面清晰了起來，我想起了一些事情，很突然卻清楚得好像就是在眼前按下了replay一樣清楚。

大能路附近是一塊很奇特的地形，大能路、大千路，一直到春夜路，三條路是平行的，但是因為靠著山，所以大千路的水平面是低於大能路，春夜路也低於大千路。大能路往山的那一側，放眼望去是無窮無盡的俗稱「夜總會」的墓地，小時候經過我總是會怕得不敢睜開眼睛。

而現在，那裡大樓蓋得很滿，非常滿。

我的公司，也在那裡。

第一個委託案件

同一批新人還在巡街熟悉環境的時候，我已經接到了第一個委託案。這不是我運氣好，現在回想起來，應該算是運氣差到了極點。

我們的店長是一個阿姨，真的是一個阿姨，看起來永遠都是笑容可掬，微胖的身材配上波浪捲的頭髮，在我報到之前，聽說每天都是第一個到公司的。大能路不是很寬大，上下班時間因為附近有傳統市場的緣故，非常壅塞。我討厭巡街的時候呼吸著太過骯髒的廢氣，所以剛報到那一陣子，我總是會提早到公司，整理完前輩給的附近案子資料之後，開始到處亂晃。

有一天被店長，也就是美姐遇到了，發現我竟然比她還要早到公司，很是欣慰地拍拍我的肩膀：「楊樹，年輕人有這種決心，我相信你一定會在這個行業闖出一片天。」

一週之後我領到了自己的名片，美姐集合了我們幾個新報到的夥伴，很是慎重。

「我們要對得起自己的名片，每一次發出去這名片，就要想著客戶的問題，我們必須解決；客戶的難題，我們必須設法；客戶的要求，我們使命必達。」

那一瞬間我超級想問美姐：「先不說這個了，你聽過安麗嗎？」

實在是太洗腦太振奮人心，說也奇怪，本來就是來混薪水的我，那一陣子真是超級認真，沿途發名片陌生拜訪，公司的案子我也多半跑了一圈，基本位置我都清楚。

每天我出門的時間大概是清晨五點。

我會先去公園，在一堆運動的老人家附近吃早餐，找機會過去遞名片。我聽人說這些叔叔阿姨爺爺奶奶，有些都是隱藏的大客戶，手裡不是握有一堆房產就是一堆現金，反正我也早起，就當隨便碰運氣。第一個委託案，就是附近公園早上做運動的阿姨給我的機會。

物件在大能路的巷子裡，是十多年的社區，阿姨大約六十幾歲，在公園做早操一般都是穿著簡單的運動服，但蘭姨穿著整套像是去健身房一樣的緊身韻律服裝，下身是短褲加常見的內搭褲，上身還是勾勾牌的運動服，潮到淹水。唯一比較吸引人注意的，是蘭姨綁著馬尾，髮帶是金色的，在陽光下很耀眼。這打扮以蘭姨的年紀來說不常見，也就讓我特別注意到。

「叫我蘭姨，蘭花的蘭。」

全名是什麼我不能說，說了怕會讓人知道確實的狀況。總之，我也就跟著蘭姨、蘭姨地叫。

那天我也只是覺得蘭姨的服裝真的超威，肯定是個貴太太，所以走去遞名片，沒想到還沒介紹自己，蘭姨就說：「年輕人，我剛好有個房子想賣，不然就你幫我賣吧。」

我當時嘴巴大概開得很大，完全不知道蘭姨怎麼知道我是個房屋仲介。這個懸疑的感覺一直到很久之後，跟我同梯進公司的巨哥破解了之後，我才恍然大悟。

「智障，你巡街的時候就穿著公司的背心啊蠢蛋。」

喔，原來如此。

總之，那個清晨可以感覺到天氣很好，空氣有淡淡的阿勃勒的味道，我做了一個很愚蠢而且沒禮貌的決定：當場就從包裡拿出委託書，讓蘭姨幫我簽了。一般來說是需要到公司裡面簽委託書的，不知道怎麼了，可能新人的關係，我心裡著急，怕眼前的第一個委託案一下子就不見了。

誰知道蘭姨笑得眼睛都瞇了，接過我的筆就把委託書給簽上了。

就這樣，我的第一個委託人出現。平淡無奇。地址欄上面蘭姨寫得清清楚楚，社區名稱的部分，蘭姨卻空白。

「唉呀，我手下太多房產，社區名字我也不記得了，過兩天我有空，你跟我過去一趟就知道了。」我不疑有他，點頭如搗蒜，歡天喜地地回公司報告。接下來幾天，美姐還好好地誇獎了我一番，這一批新人我是第一個拿到自己的委託案的。然而，我卻不是第一個成交的。

從我拿到蘭姨的委託之後，說來也奇怪，每次想跟蘭姨約時間去物件處拍照、畫圖的時候，總是會有很多莫名其妙的事情發生。

例如第二天一早我去公園的時候，因為下起了雨，沒有人做健康操。中午時間想打電話給蘭姨，發現蘭姨的電話一直忙線，等插撥。怕一直在線等顯得不禮貌，我幾乎每個小時撥電話一次，每一次都在忙線中。隔天我想親自過去大樓找管理員拿鑰匙拍照，帶了委託書要出門的時候，同事巨哥又突然找我跟他一起去另外一個租屋的地方帶看。那個案子是大熱門，同一個時間巨哥竟然找了五組人一起看，怕忙不過來。基於同梯的友情，加上我猜測蘭姨可能忙著什麼大事，也就跟著巨哥一起去帶那個案子。

諸如此類，層出不窮。

一直到我確實聯絡上蘭姨，已經是兩週之後了。那段時間，我同梯已經有人率先冒泡，還拿到了美姐的第一泡獎金。頒發那個率先冒泡獎金的晚上，我看著台上的同事，感覺自己就像龜兔賽跑裡面的兔子一樣，箇中滋味也不知道該怎麼形容。

「阿樹，我還以為你會先拿到第一泡獎金。」巨哥笑了笑，拍拍我的肩膀。

「那個蘭姨，不會是騙人的吧？」我恨恨地把菸頭丟進水溝。

「不然……你再打一次電話看看？如果還是沒接，就別管了吧。」

我拿出委託單，再一次撥打蘭姨的電話。

巨哥在我旁邊，看著我的委託單，眉頭不經意皺了一下。

「楊樹，」巨哥指著單子，「這個冠絕強國社區……」

我撇過頭，看著巨哥指著的地方，差不多同一個時間，蘭姨的電話接通了。

巨哥的手機也在這個時候響了起來，他對我揮揮手，走出公司外頭。

電話裡頭蘭姨的聲音感覺很遙遠，感覺像在空曠的草原跟我說話一樣。

草原上牛羊成群，卻詭異地一點聲音都沒有發出來，各自低著頭吃草，而草地瀰漫著一股腥臭的味道。兩秒。約莫兩秒左右，我就整個人乾嘔，幾乎快拿不住電話。脖子突然僵硬無比，感覺肩膀上背著不知道多重的擔子。

那腥臭味道始終在我的鼻尖，我不明白為何只是撥了一通電話就會出現想像中的畫面，但那暈眩感始終沒有停止。花了大概兩三分鐘，才讓蘭姨確認了我是誰，果不其然，蘭姨早已忘記這件事，不斷跟我道歉，並且與我約好當晚立刻去看屋。

不要抬頭，千萬不要

看屋選晚上有優點也有缺點，優點是不容易漏了一些屋內的電器狀況，缺點則是採光以及日照、附近環境不容易掌握，當然也不適合拍照。蘭姨沒有同意讓我先過去拍照，只不斷提醒我，務必要在八點以前到那裡，直接跟警衛說明就能上樓，她會在屋內等我。

第一次勘屋，我拿出了所有的動力，彷彿佣金就在我的面前飛來飛去。那附近我也熟，冠絕強國社區是十八年的老社區大樓，戶數大約三百多戶。這個社區不是很一般，甚至說，非常突出。在大能路上，早在還未開發時，冠絕強國便是最早的幾個造鎮社區之一，據美姐說法，早幾年能這樣整合零散地主，蓋出這樣龐大社區案件，建商不是普通強大。

當天晚上，我吞了兩顆日本止痛藥，強忍著肩頸帶來的、疑似中暑的疼痛以及暈眩，提早到了冠絕強國。跟警衛換了證，就先在社區中庭晃，順便了解一下物件的環境以及位置。蘭姨的房子在B棟十一樓，繞啊繞地，繞到B棟的時候，我稍微抬頭看了一眼，只見到陽台上站著一個女孩子。應該是女孩子吧？十一樓的高度，我是一層、一層這樣數上去才確認的。

我不相信自己的眼睛，畢竟這麼遠的距離，我怎麼可能看見陽台上的人？即便看見了，頂多也是一個身影，不可能那麼清晰讓我感受到那是一個女孩。我的頭更痛了，肩膀非常難受。也許是因為這樣抬頭的關係。

那女孩看著我，隔著十一層樓的距離。

我看著那個女孩，覺得她的臉愈來愈清晰，表情線條愈來愈豐富。

「小楊先生，這麼早就來了啊？」蘭姨不知道什麼時候，站在我的身邊。

我幾乎整個人大大地抖了一下。「蘭姨。」

「來了就先上去吧，時間還充裕。」蘭姨說完，逕直往B棟走去。

我跟在蘭姨身後，一步接著一步。

社區呈現ㄇ字形，B棟在最中間。隨著蘭姨的腳步走進梯廳。雖然只是晚上不到八點的時間，整個三百多戶的社區大樓，卻在這個時候左右一個人都沒有。根據我手頭的資料，這社區目前至少八成滿住，我想或許是這時間所有人都在家裡晚餐。梯廳雖然老了點，但整理還算乾淨，可見得管委會還是有在做事。燈光明亮，雖然梯廳的玻璃門有些髒，並沒有擦拭乾淨，然而這麼多年的老社區了，不強求。

從門口刷卡走入到電梯門口，約莫成年男子七步的距離。蘭姨今日穿著一套紫色的洋裝，搭配粗矮跟的淑女鞋，在我前方叩、叩、叩地走著。

「唉呀，晚了。」蘭姨按了十樓的按鈕，亮起綠色的按鈕燈。「小楊啊，今天稍微晚了，要不先到蘭姨住的地方看看，格局什麼的都差不多，好不？」

我大吃一驚。「蘭姨，都來了，我們直接上十一樓，反正不差那一點時間啊。」

電梯有點慢，安靜的空間裡頭還能聽見電梯鋼索轉動，以及燈光發出來的嗡嗡聲。蘭姨沉默了好一下子，一陣微風吹來，電梯在十樓停下，一層四戶，左右各兩戶。

我將磁卡靠近感應處，按下十一樓的按鍵。

「蘭姨，我保證不會耽誤您太多時間，您要有急事，先去，我拍照畫畫圖，自己走都沒問題的。」我拍著胸脯保證，蘭姨只是低著頭，微不可聞地嘆了口氣。馬尾上的髮帶仍舊發亮。

右邊第二戶。

打開鐵門，發出一陣清脆的開門音樂，厚實的鐵門，關上發出沉重的聲響。蘭姨隨手打開了燈，間接照明以及中間豪華的水晶燈落入我的眼內，有些刺眼。客廳還算大，與餐廳相隔，是一座相當高、看起來是特殊訂製的大書櫃，也因此遮擋了光線，讓餐廳以及廚房

那個方向顯得陰暗。

屋內有股淡淡的霉味，想必有一陣子沒人居住。灰色的布質沙發上面套著遮塵罩，隨著微微的風，遮塵罩的角有一下沒一下地上下擺動。

風？

我往內走去，才發現餐廳處天花板有一個吊扇，正運轉著。

「蘭姨，風扇沒關呢。」我說。指著天花板。

「別關。」蘭姨瞪大了眼。「怕悶。」

不知道是否錯覺，蘭姨一進門之後，顯得有些意興闌珊，屋主應該主動介紹的部分也沒有，就這樣任我隨意觀看，在本子上做紀錄。家具都是好的，牆壁粉刷也沒問題，所有燈具都正常。後陽台還晒著一個布娃娃，看來應該是蘭姨的孫子或者孫女的。我笑了笑，關上後陽台的門。蘭姨看了看手錶，告訴我她得先走了，要我離開的時候記得將門關好，餐廳的吊扇別關。

聽著清脆的開門聲，以及悶重的關門聲之後，我拿出數位相機，開始拍照。根據巨哥告訴我的方式，仔細將屋況拍得更漂亮一些，可惜不是白天，否則將客廳的窗簾拉開，肯定可以拍得更好。想到這裡，我立刻決定隔天再來拍一次。

雖然已經是手機時代，但我用手機打字的速度，還比手寫慢許多，於是便在餐廳的餐桌椅上坐下，將屋內所有的設備一一抄寫下來。吊扇速度很緩慢，在夏天末尾的時候，讓整間房不但不嫌悶熱，反而有股涼涼的感覺。這種豪華吊扇中間有燈，為了拍照我全開了，在自己的本子上抄寫的時候，總覺得光線一下、一下地被遮擋。就像燈具是在吊扇上方一樣。

但這是不合理的，因為燈具在吊扇下方。

我一邊翻看數位相機的照片，一邊將所有必須登錄的資料先抄寫下來，脖子覺得癢癢的，還是有一下又一下的陰影不斷不斷地遮擋住光線。我抬起頭，發現是電燈中間的拉繩，隨著風扇的風不斷搖晃。像半蹲一樣站起身，想把拉繩固定下來，至少在我寫完之前不要晃得那麼厲害。就在我伸出手，即將碰到拉繩的那個時候，我看到間隔著餐廳以及客廳的那個大櫃子，上面有一坨黑色的東西，好像是……人的頭頂一樣。我瞬間全身雞皮疙瘩，一股涼意從脊椎往上竄，但我就是一個傻子，至少那時候還是，我身子前探，仔細看了一下，發現是個灰色的畫家帽，不知道什麼時候放在那裡了。

我回頭查看相機，方才拍照的時候，可沒有那頂帽子。或許是蘭姨離開之前放的吧，我猜。我笑了笑，哪有人第一次勘屋就大驚小怪，要這樣以後怎麼辦。

坐回餐桌的椅子，我下意識地往上看，想繼續剛才穩定電燈拉繩的動作時，此生第一次發現，竟然會有想叫卻叫不出來的時刻。

一個瘦小的、感覺像是女孩的東西，雙手雙腳緊緊抓著吊扇的某一個葉片，隨著吊扇這樣轉啊轉、轉啊轉，一陣頭暈目眩侵襲我的身體，眼睛卻怎麼樣也離不開。而那個疑似女孩的「東西」，頭髮隨著轉動，一次又一次地在我眼前飛舞。

終於，我掙脫了那個無法動彈的驚恐困境，悶哼了一聲。

「怎麼了嗎？」

蘭姨的聲音從我後方響起，這次我真的忍不住，整個人連椅子往右側摔倒在地。

頭頂的那個「東西」卻消失在我眼角的餘光之中，彷彿剛才所見，只是一場盛大的萬聖節派對一樣。

專治肩頸痠痛的黑店

我不知道蘭姨是怎麼出現在我身後的，我親「耳」聽見蘭姨打開門走出去的聲音。是的，親耳聽見，我的確沒有直接看見。然而，眼見難道就能為憑？我不這麼認為。

走出冠絕強國，戴上安全帽準備離開之前，我覺得中暑的症狀又嚴重了，頭疼欲裂。回想方才發生的一切，我甚至以為自己頭痛藥吃太多產生幻覺了。蘭姨只是站在我的背後，很安靜，如同始終沒有存在過一樣。不知道該怎麼形容那種感覺。但我確知，除非我真的產生幻覺，那個倒吊著、四肢緊緊攀在吊扇葉片上的女子，是確實存在的。是頑皮的孫女惡作劇？感覺不像。

第一次的委託物件就這樣，我覺得自己人生簡直倒楣透了。回公司的途中，實在受不了，等紅燈隨便瞥見一扇小小的玻璃門，上面寫著「專治肩頸痠痛」，於是我便停下機車，拉開玻璃門。

「你好，」一開門就見到一張木桌，四張矮凳，靠左的矮凳上坐著一個看起來很嬌小的女子，綁著馬尾，皮膚很白，眼睛不算大但也不是鳳眼。眼角有顆很明顯、讓人無法不注視的痣。

「按摩嗎？」那個女子站起身，感覺遠比她坐著看起來高。

「好像有點中暑，肩頸很痠，頭痛。有刮痧嗎？」我問，把安全帽夾在腋下。

「去裡面躺著，我馬上來。」女子感覺話少，整家店也沒其他的人，讓我一時覺得自己是否到了「純」按摩這種絕對不純的地方。好在店的裡外沒有那種可疑的霓虹燈閃爍，讓我安心了不少。按摩小姐臉蛋圓圓的，說不上胖，但絕對不能說很苗條，總之……很恰好均勻的身材。也不知道為什麼，我竟然開始注意她的身材起來。她穿著一整套彷彿護理師一樣的衣服，短袖長褲，只是顏色是綠色的，感覺就像開刀房的手術服一般。

由於木桌上點著應該是香一樣的木頭，在一個藏青色、好像菸灰缸一樣的小碗裡頭，於是我便沒有將安全帽放在桌上，而是隨便放在了矮凳上。

「趴著吧。」

我轉過身去，背對著按摩師，感覺有點不自在。

沒過多久，感覺到脖子兩條筋一陣熱辣辣，如同火焰在燒，而且沒有停歇的樣子，我忍不住叫了起來。

「痛！」

按摩師硬生生將我的頭壓回去，不讓我轉頭：「會有一點痛，忍。」

師傅，下次要不要按之前先跟我說一下，都按了才說會痛……

好，我忍。

灼痛的感覺彷彿自己變成了炙燒鮭魚，本著男子漢的風采，後來我還真一聲都沒吭。不知道過了多久，我又聞到了那股腥臭味，就是第一次接通蘭姨電話的那個味道，隨後，我聽見按摩師對著我說：「吐！」

我偏過身子，一個鐵製小水桶直接嘟在我的臉前方，我想也不想「嘩」的一聲，吐了出來。說來奇怪，不知道是否吃壞了肚子，還是真的中暑很嚴重，吐完之後，肩頸也不痠痛了，頭疼欲裂的感覺也瞬間舒緩了許多。同時我只覺得自己眼皮很重，好像有個鐵片壓在眼簾一般，如果沒有意志力，我馬上就可以倒頭睡著。

聞著店裡舒服的檀香味，按摩師在我人中抹了不知道什麼東西，聞起來像是芹菜跟香菜合在一起的草味，眼皮沉重的感覺好了許多。我坐起來，看著按摩師，期待她能給我一點說法。但她只是走到一旁的洗手台，仔仔細細地清洗著自己的雙手，這時候我才發現，她的手指有點摸過木炭的黑色痕跡。

「這是什麼療法？真是神奇。」我試著探問。

「波紋呼吸大法。」

我點點頭，沒有表示什麼。

很久以後我才知道，這是不洗頭，也就是這個按摩師隨口胡謅的，因為那時她正好在看《JoJo的奇妙冒險》的漫畫，就那麼隨便跟我亂說。

仔細洗完雙手之後的按摩師，走到原本的那張矮凳坐下，恢復我進門前維持的動作。這時候我倒不知所措了起來，一般不是都要到櫃檯結帳，然後給我一張名片什麼的，或者給我一杯茶讓我恢復一下精神嗎？簡直怪異到了極點。

「那個……多少錢？」最終我還是主動開口了，畢竟男生就是要主動。

「你只剩下八。」她說。

「什麼意思？八百塊？還是八千塊？」八千塊的話，這店也太黑了吧，我一定要PO上網，告訴所有人這是家黑店。

「人命有十，三魂七魄，你只剩下八。」

按摩師說著莫名其妙的話，我也聽得莫名其妙。

「還好應該沒有惡意，不過你自己得注意。」

注意什麼？我完全聽不懂，心裡只想著趕緊逃離這黑店。

「所以小姐……」我不好意思地打斷她：「這次的費用是多少？」

「一萬塊。」她說。

幹！黑店！絕對是。

「一萬塊？」我食指伸出來，比個一：「你說……一萬塊台幣？」

「很便宜了，這錢也不是我賺你的。」

「我身上沒那麼多錢。」我打開皮夾。

「我知道。」

「那怎麼辦？」

「欠著吧，下次來再給。」

有毛病啊這是？這種黑店，下次我還會來？

我拿起安全帽，習慣性地微微鞠躬，然後就頭也不回地走了。

離開之前，我偷偷在矮凳上留了兩千塊台幣，至少我有付錢。

至於一萬塊。

再說我就報警了喔。

螃蟹效應，吃飽了才方便吐

隔日我睡到近午。

一覺醒來神清氣爽，隱約有一種昨日種種模糊不已，好像什麼人遠遠離開，背影漸漸模糊還揮揮手那樣。這種美好的錯覺或許來自昨天的按摩放鬆，但那一萬塊對當時的我而言實在太貴太貴了。我打定主意以後不要再去那間黑店，怎料到這個決心才下了不久，很快就打破了。況且，那一萬塊新台幣真的不貴，或者我還占了便宜。

因為睡過頭，我沒有進公司就趕忙前往「冠絕強國」，想在日間陽光正好時候拍下讓人恨不得馬上入住的照片。行銷的年代什麼都要包裝，為此我還翻遍了極多網路登錄案件仔細研究同行的拍照方式。冠絕強國的警衛是在社區最外側一個孤立的警衛室，並不在大廳當中。換證的過程巨哥打了電話過來，正要接起來的時候，我的肩膀被拍了一下。

還來不及回過頭，另外一邊的肩膀以及後腦勺又被各拍了一下。

「誰？」那麼無聊惡作劇，莫非是巨哥？

昨日的女按摩師站在我身後，此時才發覺她的身量極高，最多只矮我幾公分，馬尾纏起來變成髮包在後，上面還插著一根像筷子一樣的東西。

「按摩師？」我愣了一下：「你也住在這個社區嗎？」

按摩師抬頭四處看了看，彷彿正仰視著空中是否有什麼獵物一樣的神情，然後抬起左手，晃了晃手裡的塑膠袋。

「沒有哇，我買早餐經過，剛好看到你，不要忘了你還欠我八千塊。」

最怕空氣突然安靜。

我用力眨了眨眼，不知道該怎麼迴避這個尷尬的話題。昨天惜字如金的按摩師今天倒是開朗了許多，還好沒有尷尬兩秒，她便從塑膠袋裡掏出一顆飯糰。

「還沒吃吧？這個給你。」

「這怎麼好意思，畢竟我還欠你……」不，不能說，欠錢的事不能說。

「不吃點東西，等等吐的時候會很難受的。」她喃喃自語。

我沒事為何要吐？無奈搖搖頭，打聲招呼準備先將照片拍好，才發現按摩師一直跟在我的身後，表情又回到昨天那個沉默的樣子。

「我姓卜，卜心彤。」說著，卜小姐沒拿塑膠袋的右手指不停動著。

「卜小姐，我待會就領錢還你，但我正要去工作，這樣是不是……」

「雖然沒有惡意，但是你也扛不了，別說話，走吧。」

後頭跟著相識不到二十四小時的女人，手裡提著早餐。這是要當藝文片主角的節奏嗎？

我聳聳肩，總之只是拍個照，大不了我立刻去便利商店領錢還她，

十一樓。不知是否錯覺，還沒開門就感覺卜小姐的手指頭動得越發快了，好像小時候看人珠算一樣，但我低下頭仔細一看，她的手不過微微顫動。我一進屋準備開窗簾，自然光

下的拍攝效果總是比較好一些。

卜小姐突然拉住我的手。這大概是我睽違好多年，再一次被女生牽著手，我有點胡思亂想。孤男寡女，在陌生的房子裡，過往聽過太多不肖房仲的事蹟，頓時讓我有些心猿意馬。

砰。

百葉窗突然被風吹起，然後撞擊窗戶發出聲響，也敲醒了我。

「先別過去，窗戶沒開呢。」

「沒開窗太悶了，我去……」

她站在餐桌前抬頭望著仍舊運轉不休的吊扇，手還沒放開。

「先退出去，現在的狀況……」卜小姐拉了拉我的手。

工作還沒完成，今天我就想上架到網站，但看她一臉嚴肅，不知怎麼的我寧可信其有，點點頭準備退出房子。

「小楊先生，今天那麼早啊。」

我抖了一下，回過頭發現蘭姨站在門邊，鐵門半掩著臉，似笑非笑地看著我。卜小姐的手緊了一緊，我直覺不妙，說不定要發生大事了。

「阿姨早。」卜小姐突然露出美好的笑容。

「早啊早啊，」蘭姨往前一步，恰恰好擋住所有逃生路徑：「帶女朋友來拍照啊？」

「不是的，」我趕緊解釋：「這是一位朋友，恰好待會有點事。」

我心想，這下子太不巧了，被蘭姨看見卜小姐，說不定會誤認為我也是不肖房仲，這下子該怎麼辦才好？

「小楊，這是屋主阿姨吧？我覺得屋況很不錯，我回去考慮一下，要不然你先送我回去？」卜小姐說道。

眼看卜小姐如此知機，恰到好處地扮演買家的角色，我反應極快，點點頭就準備走出房子。卜小姐不知道何時鬆開了我的手，我覺得手心都是汗水，氣氛有點怪異。蘭姨走了進來，把門關上。

「來看房啊？我們坐著聊聊怎麼樣？」蘭姨說。

正準備帶著歉意婉拒蘭姨，卜小姐卻拍拍我的手臂。

「好啊，難得遇到屋主，蘭姨是嗎？這房子多少年了啊？」

兩人坐在餐桌椅上，我前去拉開百葉窗，突然才抖了兩下。是啊，窗子沒開，那剛剛哪裡來的風把百葉窗吹起來呢？一想到這裡，我連窗也不敢開了，趕緊坐到位子上，兩人正對這個房子的裝潢啦、附近的位置以及學區談著。我想著，這卜小姐真是天生的演員，這下子既化解了我的尷尬，也讓我有時間多拍些照片。

「蘭姨，不知道你有沒有聽說過『螃蟹效應』？」

卜小姐一臉微笑，感覺沉默寡言的她，此時竟然妙語如珠。

「螃蟹？」

「是啊，把一堆螃蟹放在水桶裡面，大家拚命想逃出去，但下面的螃蟹因為逃不出，就會死命夾著上頭的螃蟹，也不讓牠們逃走。您聽過嗎？」

「真有意思，我還真的沒聽過呢。」蘭姨笑著。

十二點了。我低頭瞄了一眼手機，恰好從11：59跳成12：00。

卜小姐突然間站了起來，我疑惑地轉頭看著她，此時蘭姨雙手一拍餐桌，身體前傾瞪著卜小姐，兩人就這樣對峙著。我總感覺事情透露著詭異，倒也沒天真地開口囉嗦，心想著這下子委託大概又吹了，真的是命不好，老天不讓我活了。

卜小姐看了我一眼，說道：「小楊，這案子你非做不可嗎？」

蘭姨就在這，該讓我怎麼說呢？我想到昨天一個人在這裡發生的那件古怪事，說實話心裡不毛是不可能的，但轉頭一想，做個案子挑三揀四，還算不算是個上進的好青年呢？

見我悶頭沒說話，蘭姨倒是笑了：「買賣委託你情我願，蘭姨也可以委託別人。」

嘩啦、嘩啦。吊扇的聲音在餐廳，顯得刺耳。我覺得這吊扇似乎有些故障了，正想抬頭，卜小姐拉了我一把，我「砰」的一聲倒坐回椅子上，她手還抓得緊緊的，對我搖頭，然後說道：「蘭姨，我們也不囉嗦了，這房子必須處理，你心知肚明。再這樣下去，就不是螃蟹抓螃蟹這麼簡單了，連桶子外面的人都要賠進去。」

什麼螃蟹跟桶子？我聽得一頭霧水，但此時此刻保持沉默才是最佳解答。蘭姨緩緩坐下，重重地嘆了一口氣：「你們先走吧。」

卜小姐搖頭，好像瞄了一眼蘭姨的頭髮：「正午十二點是陽氣最盛的時候，恰好十二點一過，極陽轉陰，如果我離開了，你的身體撐不住。我們一起走吧。」

蘭姨雙手捧著臉，全身發抖：「你們先走，我不會有事的。」

我站起身，突然一陣暈眩，卜小姐拉著我的手，後面她對蘭姨說的話我一句也沒聽懂，就感覺整個世界都對我充滿了惡意，好像整個房子變成被捏著的水球，想把我從裡面擠出去一樣。證件都還來不及換回來，我就蹲在冠絕強國路旁的水溝大吐特吐，這一下子總算應驗了卜小姐先前所說，沒吃東西吐起來真是難過死了。

「卜小姐，這到底怎麼回事？」好不容易緩了緩，我蹲在地上勉力說著。

「這次錢包要破洞了，真是的。」卜小姐說著，一邊從頭髮上拿下那支筷子一樣的東西遞給我：「這個你先收著，晚一點到我那裡去等我，算我倒楣碰到你這件事。記著，太陽下山以前一定要到我那裡去，不要忘記了。」

說完，她就急匆匆地拿起手機，不知道打給誰，然後就跑了。真的是跑步離開，留下我一個人蹲在這，以為自己穿越到哪個時空去了。

或者有點害怕遇到奇怪的蘭姨，我趕忙換了證件，路上隨便買了點食物就到昨天卜小姐的按摩店。停好機車才發覺，我就這麼在門口乾等嗎？門上沒有任何的電話，我隨手一推玻璃門，「咚」的一聲就開了。

我坐在卜小姐昨天的位置，一邊吃著東西一邊想著這兩天發生的諸多怪事，總覺得這卜小姐不是一般人，蘭姨恐怕也很有故事。像我這種一輩子平凡的傢伙，碰上了這樣的事，還真是一籌莫展。想著昨天聞到那個很好聞的香，我就拿起一旁的打火機，將藏青色的小瓷缸裡面的木頭點起來。那味道真是讓人渾身舒坦，坐在木凳子上，不知不覺地我就這樣睡了。

不知道有多久沒有睡得這麼沉，睜開眼睛的時候，按摩店裡已經一片漆黑。我伸手想摸放在桌上的手機，用手電筒來找電燈開關，突然燈就開了，卜小姐雙手扠腰站在桌子另外一邊，冷冷地看著我。

「我幫你爭取時間，你把我的曲屠香給點完了。點完了！」卜小姐聲嘶力竭，好像我偷挖了她家祖墳一樣，我一愣，才意會過來她說的什麼「曲屠香」該不會就是那很好聞的香吧？

「卜小姐，對不起，看這個香多少錢，不然我賠給你吧？」足足有超過一分鐘的時間，她才把手放下來，坐在我旁邊不發一語。

「這香……是不是很貴？」我膽怯地問著。

「你現在狀況如何？有沒有頭暈或者發冷？」

我搖頭，只見她點點頭又說道：「曲屠香你終究要賠給我，但不是現在最重要的問題，你知道那個蘭姨的房子，發生了什麼事嗎？」

我繼續搖頭，我還想您給我解釋解釋呢。卜小姐肩膀一沉，把馬尾重新綁好，看著我說道：「這件事情一旦跟你說了，接下來你可能就逃不開了。那房子有問題，而且大有問題，你第一次進去的時候難道沒有什麼發現嗎？」

當然有。我把那天好像看到奇怪東西敘述給卜小姐聽，她聽完之後站了起來，猶豫了一下，問我那支筷子放在哪裡。我摸摸口袋，從裡面掏出筷子，說也奇怪，這麼長長尖尖的東西放在口袋那麼久，卻完全不扎腿。

她接過去之後，仔仔細細地看了一遍，又看了我一眼。就這樣看一下筷子、看一下我，好一會兒之後，從口袋裡拿出一塊黃色帶著紅繡線的布，把筷子給收了起來。接著她走到我旁邊，從青碗裡頭捻起一小撮那個什麼曲屠香的粉末，拇指食指捏著，遞給我。我手心朝上，接了過來。

「沾一點在頭上。」

我一聽，這個卜小姐肯定是什麼世外高人，或者這次真的有什麼大事了。所以趕緊就把粉末撒到頭上。

「還有鼻尖、人中、胸口膻中穴。」

呃，話也不一次說完。我趕緊抓頭，撈一些剩餘的粉末，依照她的指示抹上。我一邊手忙腳亂著，卻看卜小姐拿出一支粗大的香，看了看牆上的掛鐘，右手又在微微顫動。

見我看著她的右手，似乎察覺到我的興趣，她便說道：「小六壬指法，我已經算第二次了，都是空亡，這個你不必知道，只要知道這件事不解決，我們兩個都會有大麻煩。還剩下最後一次機會，我得看著辦。你聽好了，這香點起來之後，我們要在香燒完之前趕到那間房子，你左手捏香，手心不可碰觸到，然後我們速速過去，剩下的就看老天爺的了。」

我一聽，那可不得了，簡直刺激得跟電影一樣，手就要過去拿香，立刻被制止：「等等。」只見卜小姐先把那支粗大的香插在青碗上，口裡念念有詞，然後眼神指示我捏起香。我抄起機車鑰匙，單手戴上安全帽，卜小姐就跟我一起往門外衝。跨上機車才發覺安全帽還沒繫上，我眼巴巴地看著她。

「快一點啊，這樣看著我做什麼？」

「那個……我安全帽還沒繫上。」

卜小姐眼睛一瞪，我以為又要挨罵，沒想到她竟然微微臉紅了，伸出手幫我把安全帽給繫好了。「我第一次幫人繫安全帽喔。」

「呃，謝謝你，我也是第一次被人繫安全帽。」

左手捏著香，單手騎車，雖然危險但我也一路直奔冠絕強國而去。路上我瞄了一眼香，發覺這香雖然粗大，燒得卻挺快，沒一會兒工夫已經去了五分之一了。這時間，什麼繫安全帽、什麼載著女生的快樂統統拋在腦後，不知不覺地我陷入了這種情境當中，有點興奮，很多點害怕，卻也相當享受這種刺激。

一到冠絕強國，安全帽一扔我就出去警衛室，左手隱約藏起那支香。警衛見我們這個時間點還來看房，嘴裡念著年輕人真勤快就放我們進去了。到了梯廳之後，卜小姐突然說道：「等等，我得先去下面，你先上去，什麼都不要動，等我。」

我心頭跳了一下，這是要放我一個人的概念嗎？看看自己一大男人，這時候如果推三阻四肯定會被看不起，點點頭便衝進了電梯。

十一樓，才踏出電梯，那種被全世界不歡迎的感覺又在整個公共空間蔓延。我甩甩頭，拋掉這種古怪的想法，打開門，隨手開了燈。屋子裡還是一樣，風扇持續轉動，我不敢將門關上，便站在門邊等著。人確實奇妙，那吊扇對我來說充滿了詭異，但這個時候忍不住直直盯著它看。

旋轉是這樣的。眼神跟著一起轉，就好像那是個奇怪的漩渦，帶著沉沉的吸引力，不是心靈上的吸引力，卻是真正要把整個人吸進去那種。我盯著看，有一種全身放鬆的微微暈眩感，那一瞬間舒服得好像躺在可以漂浮的水面上，正當我準備閉上眼，突然頭頂、鼻頭、胸口開始發燙，我才突然驚醒過來。

一張臉緊貼著我的鼻子，距離太近了，我看不清是什麼，「空」地一下我往後退，門也應聲「砰」的一下關了起來。這一嚇，手裡的香差點掉在地上，我只看見一個女子聳著肩在我眼前，仔細一瞧，才發現是蘭姨。

「蘭姨……」我壓抑自己爆炸的心跳：「你怎麼在這裡？」

「小楊先生啊，」蘭姨看了一眼我手上的香：「蘭姨在等你。」

陰兵、借道

等我？

我心臟好像被重重一擊，不行，這事情愈來愈古怪，我得趕緊走。右手往後頭一摸，剛好摸到門把，才想打開的時候，「嗞啦嗞啦」，左手的香突然開始猛烈燒了起來，好像突然被火點著了一樣。

在我的視線中，蘭姨飄一樣地往後退到了餐桌的方向，我頭往上一抬，赫然看見了那個吊扇上，一個女孩雙手雙腳抓著其中一個葉片，轉啊轉地，漸漸停下來。由於四腳朝天抓著扇葉，她以一個很扭曲的姿勢，仰頭倒折，已經呈現了詭異的超過九十度角，反著臉，目光好像牢牢盯著我，又好像盯著我身後的門。

突然一聲刺耳的尖叫，從那個不知道是活人還是靈體的東西嘴裡發出來，這下子我再也不忍了，轉過頭打開鐵門，就要往外頭衝去。才一衝出去，胸口突然一陣大力襲來，我抬頭一看，卜小姐就在我面前，把我擋回門內。這下子進退不得，我正準備開口提醒她裡面

問題很大，卜小姐摀住我的嘴。話說回來，這也是第一次有女生用手放在我嘴巴上，軟軟的。「別說話。」她說。

後面還能感覺吊扇上傳來灼熱的目光，我焦急不已，差點都要把她的手給吞了，隨即我就感覺不妙，她的視線望著走廊，微微側著頭。我隨著她的目光看去，不看還好，一看我簡直覺得這個世界陌生得很。

走廊右側靠近最底的部分，本來是一戶人家，此時霧茫茫什麼也看不見。一個高大到幾乎頭都要碰著天花板的灰色人影從那裡走來，金屬質地的面具蒙著臉，身上掛滿了好像鈴鐺一樣的東西，晃啊晃的，卻什麼聲音都沒有發出來。手擺動的幅度比起正常人要大許多，身上是像毯子一樣的罩巾，整個包起來，手上還拿著一面像旗子一樣的東西。他的後頭一樣打扮的人還很多，都是頭幾乎要頂著天花板，但身上少了那些鈴鐺，手裡也沒拿東西。

踩高蹺？感覺不太對，這應該有什麼說法，但卜小姐讓我不要開口，額頭上都是因為緊張流下的汗水。汗水滴入眼睛很痠澀，但我一點也不敢擦，這樣走來的一票人馬太震撼人心，雖然臉被金屬面罩包著，我總覺得眼眶那裡如同一個深層的黑洞，黑洞裡有目光在注視著我。

身後幾步就是蘭姨與那個奇怪的、吊在風扇上的女孩。那奇怪的高個子人們走來的腳步說不出是什麼感覺，輕飄飄的。當下的我應該完全嚇傻了，我很快就認定這是不可思議事件，沒想到卻讓我這種人碰上了。就這短短的距離，祂們「飄」了很久，或者是時間在這個時候失去了慣有的意義，漫長、漫長。唯一可以譬喻的，就像是拉肚子終於找到廁所，在進門、鎖門、拉下褲子、蹲下這一連串的漫長。卜小姐的手還在我嘴上，不知道為何她沒有放下來，但我隱約能夠察覺到她微微發抖的手指。

終於那奇怪的高個子經過了我們，我才準備鬆一口氣。

「退！」

卜小姐大喊，對著我一拉，高個子帶頭的那個突然轉過頭，但身子沒動，那個扭曲的角度讓我瞬間胃翻滾了起來。我被她拉進了屋子裡，身後突然傳出方才那個刺耳淒厲的尖叫聲，眼角看見高個子頭領全身顫抖，往我們這邊撲過來。

「這是什麼鬼東西！」我大喊，那個高個子的動作，真的不是人類可以做出來的。四十五度傾斜，像滑龍舟奪標一樣往我們這邊衝。眼看就要撲到卜小姐，我心一橫，也不知道哪裡來的勇氣，右腳往前一個弓箭步，就把手裡的那支香丟往那個高個子。

「你幹什麼！」卜小姐轉過頭看著我。

「救你！」我說，然後一把抱著她，用力把門關上。

一關上門，尖叫聲也跟著停了，整個屋子裡烏漆抹黑，一點光線也沒有。這不科學，即便關上燈，先前進屋的時候透過窗簾還是有些微弱光線的。我轉過頭想確認卜小姐的位置，只聽見門外傳來很大的撞擊聲，隨後是一聲悶哼，一個身體撞到我懷裡。

「這好像是陰兵借道，我也不確定，可能麻煩大了。」

「陰兵借道？」我抓著懷裡的卜小姐：「我們不借行嗎？」

她沒有回答我，黑暗中不知道在找什麼，發出窸窸窣窣的聲音：「我不是讓你等我嗎，你怎麼先進去了？」

還來不及回答，門外又傳來一聲劇烈、如同雷響一般的撞擊聲。

「你在原地，別動。」她說。

一切讓我來不及反應，雖然沒人看到，但我還是點點頭。卜小姐從我身邊離開之後，我才感覺自己人中的地方濕濕的，手一摸，不知道是什麼黏黏的液體。聞過之後才發現，好像是我的鼻血。方才她撞進我懷裡的時候，後腦勺碰了我的鼻子一下。現在局面撲朔迷離，一時半刻我什麼也不能做，正當我想找出電燈開關的時候，聽見身後卜小姐的聲音傳過來。

「天三門兮地四戶，此法問君不足畏。三為生氣五為死，甲子直符愁向東。」

我心一跳，知道大事不妙，但究竟是什麼我也不清楚，直覺告訴我必須參與。好萊塢逃難者法則有一條是這樣說的：遇到危機千萬不能待在原地，務必找出突破口，否則就是等死。

等死！

我摸不到電燈開關，往前走了幾步，卻發覺本來不算大的室內，竟然摸不著牆壁。順著聲音的方向往前走，室內迴盪著一種空無的感覺，一時間如同自己被困在一個無邊際的黑暗裡，雖然不想承認，但恐懼的感覺像滾水上的泡泡一樣不停冒出來，無法遏止。「卜小姐？」我試著大喊，沒有回音，也沒有回應。此時我的頭頂發熱，如同剛進屋子裡的感覺一樣，唯一的差別是鼻尖以及胸口沒有同樣的熱感，我直覺應該是那「曲屠香」的灰燼效果被我給弄沒了。

接著我只好加快腳步，原本在黑暗中只敢手在前面亂摸前進，現在也管不了那麼多了，走著走著我便跑了起來，唯一的線索就是方才聽見卜小姐聲音的方向。事實上這種時候認定的方向是很模糊的，閉上眼睛想走直線也幾乎是不可能的事，不知道小跑步了多久，才感覺好像踩到了什麼東西，等到停下腳步已經跨過了兩三公尺。

我蹲下，此時睜眼與否已經沒了意義，我在地上胡亂摸著，總算讓我摸到一根長條狀的東西，拿在手上一搓，這不是卜小姐之前放我身上那根筷子嗎？看來方向沒錯，我站起身就拔腿狂奔。這小小的屋子，實際室內坪數不過二十五坪，我跑了大約有一分鐘，頭上又開始發熱。不，應該說發燙。

我瞧見了！

卜小姐掛在吊扇上，隨著吊扇轉啊轉，彷彿沒了氣息一樣。我大驚，此時也顧不了那麼多，衝前一步就想把她放下來，等到我確實摸到她的膝蓋，才覺得有些不對勁。卜小姐她……個頭有那麼小嗎？我印象中她身量與我相差無幾，但眼前這個「卜小姐」明顯嬌小許多。

還來不及鬆開手，這個吊扇上的「假」卜小姐扭過頭，嘴巴裂開有我四個拳頭那麼大。

說真的，我想死的心都有了，猛一咬牙，鬆開了手。不料隨著吊扇轉動的她，竟然轉了一圈又到了我的眼前，眼睛黑洞洞的，裂開的嘴彷彿對著我笑。感覺這個假卜小姐準備往我眼前撲來，心急之下手裡胡亂揮著，那根筷子似的東西被我扔了出去。

那一幕的悲傷

筷子打中了她，然後掉在地上，沒有聲音。

預想中的一擊制勝沒有發生，我愣了一下，這劇本……不對啊。

接著，我被她抓著，我心想萬事休矣，我還年輕，還是處男，還沒有那個那個過，我媽還等著抱孫子……

一陣暈眩感傳來，我便失去了意識。

一片黑暗之中，醒來沒醒來對我來說沒有意義，等我逐漸發現有光，才發現自己在一個很奇怪的空間裡。灰灰暗暗的地方，地上畫著一些線條，像長方形，但我無法理解這些線條的意思，整個人渾渾沌沌的，像飄。身體自己動了起來，我往上、往上，好像搭電梯一樣。是了，就是搭電梯。

很快地我看見一個熟悉的臉孔，卻怎麼也說不出話來，一切就像關了靜音的電視影集一樣，那熟悉的臉孔不知道說著什麼，然後把一碗什麼東西放下，我就在這裡像個局外人。沒多久又感覺自己起身，向下、向下。沒來由的一陣悲傷，突然間胸口像被重鎚砸了一下那樣，酸楚從胸口往鼻腔衝去，鋪天蓋地的難過讓我想狠狠地喘氣，卻沒辦法控制自己。

我回到那個地上有奇妙線條的空間，不知道往哪裡走，燈光有些閃爍。想到「燈光」，我才驚覺，這裡似乎是某個地下停車場。胸口滿溢的悲傷還沒有停止，只覺得待會似乎有什麼會讓我想逃走的事情即將發生。這種沒來由的預感讓我很想跑，很想控制現在的身體卻徒勞無功，好像這身體告訴我，不能逃，不能逃。

那種明知道接下來可能會有不好事情發生卻沒辦法閃躲的感覺，讓我很無助。我身體不能自主移動，嘴巴不能開口說話。

接著我發覺自己被勒住脖子，那種突然間無法呼吸的窒息感撞擊過來，我拚命想掙扎，接著意識愈來愈模糊，隱約感覺頭上好像被重重地敲了一下，眼睛幾乎要睜不開，感覺自己的身體愈來愈重、愈來愈重，腳好像還在不停地掙扎踢著。

眼前最後的一幕，是一個看來很年輕的男子，翻找著一個皮包，畫面一下顯現、一下全黑。我能感覺這是我的身體努力想睜開眼睛，卻很艱難。這時候不知道為什麼，我想起了剛剛往上飄之後的畫面。心酸以及難過的感覺壓倒了我最後的掙扎與努力，在畫面徹底消失之前，我終於想起來那個熟悉的臉孔是誰了。

蘭姨。

是蘭姨。

陰兵進來了？

黑暗徹底消失的時候，眼前的畫面讓我有些分不清方才是夢，或者現在才是夢。卜小姐拇指抵著方才撲向我的那個女孩，女孩額頭被釘著不能動，四肢卻還像是蜘蛛一般張牙舞爪，發出「嗚嗚」的低吼聲，倒沒有之前那種尖銳的聲音了。蘭姨跪在一旁手掩著臉抽搐哭泣，方才我扔出去的那支筷子在卜小姐另外一隻手上。這其中時間究竟過去了多久，我完全沒法掐算出來。除了方才胸口那股沉重濃烈的悲傷還留著，其他都不見了。

卜小姐嘴裡念念有詞，我察覺不對勁，連忙開口。

「等等，先等等。」我站起身，「她是個可憐人，是被害的。」

卜小姐看了我一眼，跟我說她知道，拇指卻往前推了一下。那女孩被這麼一推，頭都後仰了，我趕忙衝上前去抓著卜小姐的手。「你得先知道前因後果，她這麼可憐，千萬不要。」

卜小姐深深地看了我一眼，拇指稍微收回來一些，接著把那支奇怪的筷子收了起來。「蘭姨，你女兒現在已經沒辦法溝通了，你來說說吧。」場面有點詭異，應該是蘭姨女兒的那位，在卜小姐手指退回來一些之後，猙獰的面目也緩和了許多，但仍舊虎視眈眈地看著卜小姐。或者因為方才奇妙地經歷了她的過往，現在看起來，她似乎也沒有那麼可怕了。

蘭姨抬起頭，把馬尾放下來，將手上金色的髮帶束在女孩的頭髮上，那動作小心翼翼，眼角的淚水有點反光。女孩靜了，這時門外又傳來碰撞聲，卜小姐皺眉，從褲子口袋拿出一個東西，速度太快了看不清楚，往門口一扔，說道：「時間不多了，蘭姨，你女兒不應該變得這麼凶殘才對，到底還發生了什麼事？」

蘭姨對於門外的聲響不管不顧，只是盯著自己的女兒。

事情的經過大致如我那夢幻一樣的經歷一樣，蘭姨早年失去丈夫，與女兒相依為命，兩人感情很好。因為家境不錯，蘭姨在女兒出社會之後，買了樓上、樓下兩戶，每天蘭姨都會到樓上跟女兒一起吃飯。就在那一天社區跑了陌生人進來，在地下室停車場，蘭姨的女兒被鎖定了，據說被塞進機電房旁邊的水塔內時，人還沒完全斷氣，是被活活憋死的。

之後一段時日蘭姨以淚洗面，凶手順利遭到逮捕，卻也換不回自己最心愛的、相依為命的女兒。蘭姨一直想將這個房子賣掉，以免觸景傷情，即使如此，每天都還是會上樓吃飯，也給故去的女兒備好碗筷，假裝女兒還在。

聽到這裡我鼻子都酸了，這是什麼樣殘忍凶惡的傢伙，才會為了那幾個錢殺害一條美好的生命？我下意識握緊拳頭，「那人真該殺了才對。」

卜小姐看著我：「冷靜。」我陡然驚醒，不知不覺自己情緒起伏有點大，有點控制不住。卜小姐說，這是因為此處怨氣太重，直接間接的都影響到了人，待得愈久影響愈大。

蘭姨說，有一天吃飯的時候，發覺自己脖子癢癢的，抬頭才看見自己女兒攀在吊扇葉片上，隨著風扇轉啊轉，眼睛直勾勾地看著自己。一開始蘭姨嚇壞了，即便是自己的女兒，自己最思念、最深愛的女兒，突然的這一幕也讓人無法接受。後來蘭姨風扇也沒關就急匆匆離開。幾天之後，蘭姨回來這裡，坐在餐桌哭了好久。

「我就哭，就是哭，什麼也做不了。我知道小萍已經走了，但是可以這樣看到她，我就很滿足了。你們能明白一個母親、一個媽媽的難過嗎？一個好好的女兒就這樣沒了……」

只要吊扇開著，蘭姨的女兒就會出來陪她。

吊扇是當時小萍，也就是蘭姨的女兒最喜歡的家飾，總跟蘭姨說，在這樣美麗的水晶燈吊扇下跟媽媽一起吃飯，是一天中最快樂的時候。大概因為這樣，所以小萍總是在吊扇上。

有時候蘭姨晚餐吃完，待久了，索性就在這裡過夜。對蘭姨而言，這是邁入暮年的自己，最後的一點點企盼。某一夜，蘭姨不管如何將吊扇開開關關，小萍都沒有出現，那天蘭姨等了太久，便在餐桌上趴著睡著了。大約在深夜左右，門外突然傳來很重的拍門聲。蘭姨恍惚之間打開門，才發現戴著金屬面罩、個頭極高的傢伙站在門口。蘭姨嚇得三魂七魄都要飛了，但也不敢亂動，眼睜睜地看著卜小姐口中的「陰兵」竄進來，一群傢伙浩浩蕩蕩，最後直直穿過餐桌，從走廊往最深處，消失在盡頭。

好多天蘭姨都不敢上樓，直到終於鼓起勇氣回來，才發現小萍有點改變。以往都如同生前一樣靜靜地（一邊轉動）看著蘭姨，陪著蘭姨吃飯的小萍，漸漸地偶爾會發出淒厲恐怖的嘶吼聲，鄰居都會來按電鈴的那種。

「我不敢找師父來處理，就怕這樣會害了小萍，那些奇怪的人久久會出現一次，每一次都讓小萍更加憤怒，我也不知道怎麼辦，委託其他仲介，很多都被嚇跑了，只有小楊先生第一次進來，像個沒事的人一樣，我一方面心裡不捨，一方面覺得這樣下去不行，後來……」

後來，小萍甚至開始對蘭姨張牙舞爪。

「這也不是你的錯。跟你一起吃飯大概是小萍生前最喜歡的時候，蘭姨你恰好不斷替她重複這個過程，愈是掛念、怨氣愈難以消散，加上這裡很不恰巧，有個傷門，這是奇門裡面的一個方位，小萍過世的時候應該是三月，三月死氣在申庚，偏偏她又是在這棟大樓地下室往生的，把這裡跟《葬經》對照，我去了地下室，很不湊巧成了環抱起來的『朱雀不舞者騰去』，也就是朱雀悲哭之地。」

「朱雀悲哭之地？」我還是第一次聽見這種說法：「這會有什麼影響嗎？」

卜小姐搖搖頭：「朱雀悲哭，怨氣不散，就像溽暑的涼泉、黑天的明燈，所以陰兵自然被這裡吸引，就從這裡借道。陰兵太悍，陰氣太強，讓小萍執念變成怨念，這就是大家所說的『地縛靈』，在此處形成通道之後，小萍成了門口的保全一樣，再不處理，可能就永遠沒辦法離開了。」

蘭姨一邊哭著，一邊說自己也很捨不得，不知道事情為何會變成這樣。

「壞了！」卜小姐突然一震：「你說之前還有幾個仲介過來，被嚇跑了，都是男的女的？」

「有男有女，女生應該……兩個。」

「小楊，快，去把門打開。」卜小姐大喊。

我遲疑了一下，瞬間腦袋跟不上耳朵。「快啊！」

我拔腿就往門的地方跑，也不管門外那可怕的陰兵是否還在。就在這個時候，卜小姐突然又大叫：「來不及了，快回來！」

我一聽，全身所有細胞都發抖了，一個緊急煞車，整個人都蹲了下來，轉身就想往卜小姐的地方跑。現在只有卜小姐身邊讓人有點安全感。下一秒，我全身好像被電流脈衝，直覺告訴我必須停下腳步。

我一回頭，陰兵進來了。

多管閒事的都死吧

腳在抖。

上一次碰見祂們，我還能稍微躲在門邊，這次祂們離我的距離大約十五公分，幾乎就是臉貼臉。我微微轉頭，想看卜小姐的方向，希望得到指示或者幫助。

「蘭姨，你有事情沒坦白，對吧！」卜小姐退到櫥櫃前，本來在她拇指前的小萍不見蹤影。蘭姨一樣蹲在那裡，嘴巴咧得大大的，但眼睛看起來卻充滿了悲傷。嘴巴在笑，眼睛在哭。我一動也不敢動，但蘭姨蹲著的地方，正是陰兵前進的路線。

「蘭姨，快起來啊。」我說。

我一說完，感覺帶頭的陰兵似乎眼角瞥了我一眼。我正準備不顧一切衝過去拉走蘭姨，卜小姐制止了我。

「不對，小楊，你別過去。這麼大的怨氣，有點太超過了。不對勁，絕對不對勁。」

蘭姨發出嘿嘿嘿的笑聲，表情恐怖到讓我有點噁心。「多管閒事的都死吧。」

蘭姨說著：「你們都要死，那個賤女人也要死，都死！」

陰兵已經走到蘭姨前，蘭姨不知道從哪裡掏出一把刀，不停地割著自己的上衣，嘴裡吼著「死吧、死吧」，眼睛卻還是掉著眼淚。

「那個兇手，是你的兒子吧？」

「邱秀蘭。」卜小姐說道。

真相大白？並沒有。

「我剛才從地下室離開的時候，稍微搜尋了一下，」卜小姐搖晃著手機：「凶手剛好也是這裡的住戶，報導還有凶手的母親邱女士表明，她的兒子很乖，不會做這種事的。你就是邱女士，對吧？」

蘭姨聽了一愣，手裡的動作停了下來。

「這陰兵，也不是莫名其妙跑出來的，是嗎？」

卜小姐往蘭姨走去，眼前的陰兵直直往前，像一陣霧一樣穿過蘭姨，從走廊的黑暗中消失。蘭姨呆在原地，不敢置信地看著消失不見的陰兵，「不可能！」

「當你開始肆無忌憚的時候，全世界都會堵住你的後路。」卜小姐說：「不知道你從哪裡得來的方法，但陰兵不是讓你拿來害人的，你找仲介來，也不是為了賣房，而是為了害人，對吧？我猜你在小萍過世之後，找了方法把這房買下來，就是為了繼續折磨小萍。」

卜小姐繞過蘭姨，走往走廊盡頭，黑乎乎什麼都看不見的地方。沒過一會兒，她走了回來，手裡拿著個東西，說道：「這往生石就是你用來引陰兵過道的東西吧？你一定很奇怪陰兵怎麼沒停下來，對吧？我一進來，這裡變成了過渡的三途川，你大概也是想趁著這個機會把我們一起帶走吧？」

蘭姨繼續那個恐怖的表情，嘴巴咧得大大的：「你做了什麼？你做了什麼？」

「沒什麼，心存正念，舉世無敵。」她說。

然後我看見卜小姐從那個所謂的往生石上，抹了一把，一層薄薄的香味撒落，我猜那是什麼「曲屠香」的灰燼。看來卜小姐也是假裝一下高手，還是靠這個曲屠香。那時候的我真是天真，現在想起來，果然知道得愈多，就愈危險。

那個犯案的男子，應該就是蘭姨的兒子。卜心彤看著跪在地上的蘭姨，好像偵探動畫一樣，自顧自地分析著。蘭姨愣著聽，似乎一切都被她猜中了一樣，我倒是一頭霧水。就這樣的線索也能分析出這麼多事？這個按摩師真的很厲害啊。

蘭姨沒想到跟自己情同母女的小萍，竟然遭到了兒子的毒手，兒子因此入獄等待最終的審判。蘭姨溺愛兒子甚切，不知道用什麼人頭買下了小萍的這間屋子，也不知道哪裡來的方法，把小萍滯留在此間（後來得知就是那個髮帶，之前小萍借給蘭姨的），藉由往生石導致陰兵借道，不停折磨小萍。還利用到此服務的房屋仲介，造成陰陽混亂，就是為了不讓小萍離開，狠狠地在這裡持續折磨她。

事情到這裡算是真相大白了一部分，但這只是卜心彤的說法。其他關於什麼往生石還是什麼髮帶究竟怎麼來的，為何有這麼多牽連，我是一概不清楚。好像踏進了一個不得了的世界一樣，我的價值觀有點被毀滅了。而且我覺得，卜小姐在敘述的時候，像隱瞞了一些東西，我有這種強烈的感覺，但沒什麼線索抓到重點。更重要地，我就這樣依循著她的分析以及說明，竟然也沒提出疑惑，好像被牽著鼻子往前走一樣。

我看著眼前的蘭姨，想起第一次碰見她時，她那親切的樣子，對比眼前的這一切，頗讓人不勝唏噓。整件事情裡頭最無辜的應該算是小萍了，當然我覺得自己也挺倒楣的，好不容易開發了一個案子，卻發生這麼離奇又超乎人類想像的事，好像我這輩子所有可以拿出來說嘴的事蹟，都在這幾天發生了。後來我才知道，這麼想的我，真的是太天真了。

往生石被卜小姐拿走之後，我也沒看見那高頭大馬的陰兵了。一直到現在，我都還對那陰兵有著極深的恐懼。尤其祂們手擺動的幅度、隨著前進的節奏散發的氣息，大概都是我此生目前為止所見最毛骨悚然的。蘭姨的所為，嚴格說起來沒有法律可以規範，說穿了就是一種無法被懲罰的邪惡。但真的是這樣嗎？此時此刻我充滿了懷疑，一直到所有事情串起來之後，才知道邪惡的真正本質，有時候是超出想像的。

看來陰兵借道就是蘭姨最大的底牌，被卜小姐識破之後，一切大抵是塵埃落定了。我很想開口問，這什麼陰兵的，蘭姨究竟是哪裡來的辦法？蘭姨整個人癱在地上，不知為何，直至此刻她的眼淚還沒止住。

我看著卜小姐，一下子我也不知道該如何處理才好。卜小姐右手還不斷晃動捏著，看來是她之前說過的小六壬，也不知道她在算什麼。突然間我一愣，不對啊，那小萍呢？

背後，一陣涼意。

我緩緩轉過頭，陰兵，還在。

第二章　陰兵借道

詭異黑影，報警處理

我緩緩轉過身，高大的陰兵首領無聲在我的身後，從上而下望著我。我知道不應該，但我還是抬頭了。陰兵首領黑洞洞的眼眶直直盯著我，突然我感覺到一種急迫。就好像明明知道現在大雨傾盆，卻還想不顧一切衝往目的地那樣的焦躁感。這種異樣的感覺也把我的眼睛牢牢吸在陰兵首領眼眶那深沉的黑之中，好像此時此刻除了盯著那個黑暗，什麼事情都不重要。

就這麼一秒鐘，我覺得自己真的被吸進去了，而我竟然有一種解脫的快樂，彷彿有微微的風吹在我的臉孔，每一個毛細孔都在接受這樣溫柔的撫摸。然後我跑，不顧一切地跑，一種真正迎接自由一樣的奔跑。

到我清醒過來，下巴正被人的手掌扣著往回拖。這時候我倒是聰明沒有掙扎，剛才一定出了什麼怪事了。「小楊，你一定要記得，遇到控制不住的事情，千萬不要盯著看，愈是盯著看，你就愈無法自拔，會陷進去。」

「卜小姐，剛才我到底怎麼了？」卜小姐說完之後把我放開，我趕忙開口問道：「蘭姨呢？小萍又去哪裡了？」

她放開我之後，等於把我扔在地上，也沒有絲毫輕柔的動作，我摔得一下肩膀疼得要死，一邊揉著，一邊聽她說：「你剛才跑往陽台，如果我沒攔著你，你就飛起來了，這裡十一樓，你可以想像你之後的模樣。」

落地窗外，風呼呼地吹進來，陰兵首領此時已經消失不見，卜小姐往走廊一指，我才看見原來蘭姨站在走廊處，因為光線的關係她整個人有一半陷落在黑暗裡。我心有餘悸，想到不久前我差點就成了「小飛俠」，那心裡的震撼以及恐懼就快要把自己淹沒。此時不敢亂動，深怕自己又陷入了危險當中。

「剛才你看見了什麼？」

我想了想，把剛才再次看見陰兵首領的事情告訴她。聽完之後，卜小姐眉頭深鎖，從口袋裡拿出一小撮粉末，從我頭上撒了下來。或許我心情稍微平復了些，才聽見蘭姨喃喃自語著，聽不清楚。

「接下來應該怎麼做？那陰兵到底是什麼？」我慌亂地問。

「跟我來。」卜小姐往蘭姨那裡走去，我感覺額頭一陣發癢，或許是方才的粉末導致，總之有一些難受，卻不敢真的去抓，深怕一抓就壞了事，那可就糟糕了。像剛才那樣失控的狀況，我肯定不想重來一次。人類在最慌張的時候，總會下意識選擇接受眼前的狀況，我就這樣忘記問那粉末到底是什麼。很久之後，我發覺那是公狗的大便磨成粉之後，我用力瞪了卜心彤十下聊表恨意。

愈靠近蘭姨，隱約聽見她說著：「怎麼會這樣，怎麼會這樣……」

卜小姐先我兩步，我在後頭亦步亦趨。「蘭姨，小萍怎麼了？」

話才說完，我突然發現不大對勁，往走廊底黑暗的角落一看，一個影子蹲在那裡，好像等待獵物的獅子一樣。雖然看不清面貌，但姿勢的確駭人。我驚呼一聲，突然那影子扔出一個東西，卜小姐機敏地閃過，我反應不及，砸在了我的右肩。倒是不疼，但那影子站起身，往我這裡衝來，這次我反應過來，下意識一縮，那人卻往門口跑去。卜小姐追了過去，我一時之間不知道該跟著追去，還是待在原地。想了想，萬一那是個歹徒或者什麼奇形怪狀的傢伙，卜小姐或許會有危險，牙一咬，我便也跟了上去。才衝到半開著的逃生梯外，卜小姐已經走了回來。

「跑了。」她說：「這事情太古怪，你自己要小心一點。我總有感覺，你跟這件事關係很大，說不定這事情是衝著你來的。」

衝著我來的？我壓根跟蘭姨素昧平生，小萍我也不認識，更別說蘭姨的兒子，那個泯滅天良的壞蛋。

走回蘭姨的屋子，看著像失去了魂魄的蘭姨，我頗感無奈。這事情感覺總是沒完，說不好下一秒又有什麼跑出來，那種心懸著的感覺真讓人難受死了。我蹲下去撿起方才打中我的那個東西，是一個猶如小指頭般大小的東西，像個蟬蛹，摸起來冰涼，略帶點褐色以及灰色，雕刻著不知道什麼花紋，看了半天也看不出什麼。最後確定找不到小萍的蹤跡，加上她也不能算失蹤人口（鬼口？），哪怕跟誰都沒辦法把這件事合理化的說出來，卜小姐嘆了一口氣，只好暫時這樣。

因為那個黑影，我們還是報警了。警察來了以後，在現場拍了些照片，坦白說攝影技巧說不定比我還好。具體的事情在現場由我代表跟警方大致說明，我謹慎地避開了那些難以言說的詭異事情，只大致說了我是仲介，卜小姐是我的朋友，陪我來做現場紀錄，發現了奇怪的人趁著我們在室內門沒關的時候跑進來。其中一個身材比較魁梧的警察看了我一眼，從口袋拿出一張名片，我看了看，名字叫做羅三組，很奇怪的名字。他要我還想起什麼的話，給他個電話，然後就去分別訊問卜小姐與蘭姨。一邊問著卜小姐，我總覺得那個羅三組警員一直用餘光看著我。

蘭姨在警方抵達之後，倒是恢復了正常，眼角的淚痕還很清楚，看起來倒像是被突然的侵入者嚇的，那個悲傷的眼神隱約可見。現場問完之後，還得配合做筆錄，我跟卜小姐先行動身，蘭姨藉口自己身體有點不適，另外約了時間。另外的警察，到樓下警衛室去查看監視器，此時已經接近天亮，走出冠絕強國的時候，社區管委會的主委都到了，穿著睡衣在警衛室跟前跟後，相當八卦的樣子。

一通瞎忙，要從派出所離開時天已經大亮了，卜小姐拿了一個透明小夾鍊袋給我，要我今天記得跟公司請假，回家好好洗個澡，用這包鹽均勻抹在自己全身，然後用冷水沖乾淨，好好睡一覺。

這天氣雖然不是太冷，但用冷水沖身體卻是很折磨，我問她溫水不行嗎，她歪頭想了想，告訴我應該不行。卜小姐沒讓我騎車送回按摩店，肩膀垮垮的，感覺是累壞了。

不得不說，那鹽巴抹在身上真是酸爽到了極點，尤其冷水從頭沖下，感覺身體反而熱得不得了。就這樣，洗完之後我連頭髮也沒吹，就蜷在沙發上昏昏沉沉。這一覺不知道睡了多久，總覺得自己睡得不是太安穩，好像有人躺在我腳下的沙發，有一種下沉的感覺。翻來覆去，眼睛卻怎麼也睜不開，朦朦朧朧間總有一種被人注視的感受，最後我的身體更熱了，好像所有毛細孔都被烤得火燙的針尖刺進去，渾身發癢又難受，當我終於睜開雙眼，天色已黑，流了一身汗。

簡單沖涼之後，手機有幾通未接來電，回了主任美姐的電話之後，有一通沒有看過的號碼。我回電，一個聽起來像國小女學生的聲音在電話那頭。

「你醒了嗎？」我原本以為是詐騙電話，要我投資什麼虛擬貨幣的，仔細一聽才發覺是卜小姐。

「你竟然有我的電話！找我什麼事嗎？」

「我肚子餓。」

你肚子餓關我什麼事啊？我心裡想。後來發覺這樣的想法很要不得，難怪我可以憑實力單身這麼多年。想了想，跟她說我買東西過去，睡了大半天，從昨天下午到現在我也什麼都沒吃，確實很餓。

到按摩店後，卜小姐手裡把玩著東西，盯著進門的我看了很久，直到我把便當打開，筷子放好，坐了下來。「你感覺還好嗎？」我看了看自己的雙手，點點頭：「睡得不是太好，覺得熱，其他都還行。你一定餓了吧？先吃一點。對了，你手上那是小萍的那個髮帶嗎？」

卜小姐拆開筷子，跟我說她正研究這髮帶有什麼功能，為什麼可以束縛著小萍。我問她是否研究出什麼，她放下筷子，嘴裡咬著滷蛋，把那髮帶綁在自己頭髮上，囫圇地跟我說沒有發現。

「這樣綁在你的頭髮上，不會有什麼問題吧？」我問道。她一臉狐疑地看著我：「我不過就幾天沒洗頭而已，能有什麼問題？」

幾天沒洗頭？難怪她叫做卜心彤，根本就是長輩知道她一貫不洗頭吧。

「難道你不知道女生綁馬尾，通常都是因為沒有洗頭嗎？」

我搖頭，這種事還是第一次聽說。卜心彤吃飯感覺很慢，每一口都嚼了很多下，我本來以為她這樣吃可能得吃到天亮，誰知我還剩下一整塊排骨，她已經清潔溜溜。吃完以後她說道：「雖然有點為難你，但是想請你幫個忙，我還得回去蘭姨的屋子，小萍的事情不解決，之後一定會出大事。」

我說，這事情怎麼也不關我們的事，到目前這樣，我看也沒機會賣掉了，這樣過去說不定還得跟蘭姨解釋半天，說穿了我現在面對蘭姨，心裡總有說不出的彆扭。種種的事情解釋也解釋不清，況且她鑰匙和磁扣也不知道還有沒放在警衛室呢。

我吃下最後一口排骨，卜心彤像個玩遊戲輸了的孩子，整個人顯得很喪氣。我說好吧，我跟你一起過去，但我一不保證一定能進去，二希望我不要進去，就在警衛室等她，那什麼陰兵什麼闖入者，而且還會害我差點跳樓，我真是死也不想進去了。呸呸呸。

她連連點頭，馬上就站起來收拾東西，那些物件我看也不懂，就站起身，走到門外點起根菸。沒有多久，我們上了車，往冠絕強國。

小萍，再見

到蘭姨十一樓的房子時，我腦海還繞著方才晚班警衛那豎起大拇指對著我的怪異表情。打開門之前，我一直預想著蘭姨可能還在裡面，開了燈，裡頭空無一人，吊扇還在轉著，我看著頭都發毛。

本來說好我待在警衛室不上樓的，但想了想，雖然心裡很慌，但終究覺得自己是這房子的仲介，卜心彤事實上與這件事毫無關係，卻願意過來解決小萍的事。如果我還躲著，那真的不是人了。

我只看了一眼吊扇，逕自坐在客廳的沙發上。餐桌那，我是說什麼也不想過去了。拿出手機隨便滑著，眼角餘光偷偷瞄卜心彤，她從包裡拿出一個小香爐，像個石頭材質的，點了三炷香擺在餐桌腳邊，我以為她要開始神奇又充滿帥氣的動作以及儀式的時候，她便抬頭看著吊扇，說道：「小萍啊，要不要出來玩？」

我聽了差點沒從沙發上面跌倒，這跟她前一天的英雄畫風差別也太大了些。「小萍你看，你的髮帶在我頭上喔。」

百葉窗突然拍了一下，發出「砰」的一聲。

我下意識望了一眼，視線才轉回餐桌，就看見小萍出現了，轉啊轉的，臉是倒著的，看不見眼珠，但是我卻清楚知道她正看著卜心彤。這種突然間的驚嚇我已經有免疫力了，僅僅腳軟了一下，慶幸自己坐在沙發上。卜心彤拆掉髮帶，拋往小萍，雖然還在轉著，小萍倒是一把接住髮帶，表情還是顯得有點猙獰，我壓著自己內心的恐懼，仔細看了小萍的臉孔，雖然青色帶點灰，眼睛的範圍很大（因為沒有眼白對比），不知為何我覺得她很悲傷。

說到底她真的是最無辜、最可憐的，好好的一個女孩子遭到殺害，而且凶手還是自己熟悉的蘭姨的兒子。就是死後還不得安寧，被蘭姨不停折磨，如今我只希望卜心彤那層出不窮的奇妙手段，能夠讓她得到解救。

「不行，你不能報仇。」卜心彤搖頭。「仇恨以及報復只會讓你在這裡繼續受苦，如果可以放下，你才能獲得最後的解脫。如果你不放下，我只能讓你消失。」

我一聽，有些酸楚，趕忙說道：「卜心彤，有沒有辦法稍微懲治一下蘭姨，至少讓小萍

好過一點，我相信她就願意離開了。」

我說完，突然覺得小萍對我投以感激的目光，只是一種感覺而已。

「我們是什麼？誰賦予我們這個資格去處罰蘭姨呢？」她說：「如果我們也這樣想做就做，不就跟蘭姨一樣了嗎？」

「這樣說也對，但是你不覺得小萍真的太可憐了嗎？總有辦法讓她心裡好過一點吧，你那麼多手段，肯定有吧？」

卜心彤沉默了一會兒，說：「還真的沒有，不然我們上網匿名罵蘭姨？」

「上網罵她有什麼屁用啊！」我差點暈倒。

「那我真的沒有辦法了，就這樣吧，小萍，拖得愈久，對你愈不好，你是自己離開呢，還是我讓你離開？」

我還想掙扎一下，讓小萍至少不要那麼可憐，還想看見蘭姨至少要有個比較慘的後果，卜心彤對我搖頭，說什麼也沒有同意。「我又不是法師，哪裡做得到這種事情。」

我急了，對她說：「但你不是能處理這些神怪的事情嗎？」

卜心彤像看白痴一樣看著我：「這是兩回事啊，啊不跟你說這麼多了，得趕快。」

說完，她就拿出一張長方形的紙，我本來預料小萍會嘶吼，差點都把耳朵給摀起來，才發現吊扇停了，小萍站在卜心彤的前面。說是「站」也不太對，總之她就在那裡，感覺還轉頭望了我一眼。

然後，對著我們深深地一鞠躬。

那張紙被卜心彤拋在空中，在小萍的頭上自己點燃了起來。沒有兩秒，就燒得乾乾淨淨，連灰都沒有。小萍也沒了。我愣在當場：「就這樣結束了？」

卜心彤點頭：「結束了。沒想到影印的也有效果。」

我沒管她說什麼影印不影印的，劈頭問道：「她的下場是什麼？」

卜心彤說，因為她所處的地方長期被陰兵借道，沾染了太多太多的陰氣，大概就是這樣消失，這個世界上再也沒有小萍，如果以佛家的輪迴論，她大概也沒有輪迴的機會了。

「這樣也好，一切隨風消散，對她或者才是最好的。」

「那這樣作惡的人呢？折磨她的人呢？這樣公平嗎？」

要我，寧可讓小萍繼續在這裡，不要說嚇人，折磨一下蘭姨也好。

「楊樹，這世界本來就沒有一定的公平，只要心裡沒有這些負面情緒，報仇與否，真的那麼重要嗎？」卜心彤看著我，恢復成那個有點呆傻的模樣，一臉無辜。

「說來說去，都是自私而已。」

我知道這句話是在說蘭姨，或者說蘭姨的兒子，但我聽見了就覺得卜心彤在說我，心中一陣火，不知道怎麼來的。或者因為我確實經歷了一段模糊卻又真實的小萍生前的經歷，對於她的執念，我感受太強。直到離開這裡，我都沒有再說話，只有在關上門之前，悄悄地將吊扇的開關給關上。

再見，走好了，小萍。

還記得這裡嗎？

這事情就這樣告一段落，那天之後，我也沒再找過卜心彤。說來奇怪，後來回去派出所關心一下案情進度，監視器確實拍到了一個人影，但因為角度問題，人影與我看到的黑糊糊一片差異不大，最終到了外面的監視器，就沒什麼發現，這事情也就這樣了。

而後冠絕強國這個案子，竟然有了好幾組的客人聯絡我，說是找到屋主，屋主說全權交給仲介處理。屋主也就是蘭姨，發生了這麼多事，繞了一圈竟然還繼續賣這房子，倒也神奇得很。

最終交易成功，賣給了一對年輕夫妻。因為凶殺案發現場在地下室，所以這戶依法不必註記為凶宅，為了這對夫妻好，我倒是沒多說什麼，畢竟小萍已經離去了，幾次回去，我也沒感到特別的不舒服。唯一的差別，那座水晶吊燈以及吊扇，不知道何時被蘭姨找人拆了，裝上吸頂燈，少了那麼一點設計感。

我仍舊耿耿於懷。

或者因為此前沒接觸過這些怪異事件，真正碰觸到了，越發覺得這世界很奇妙，心裡也認定了卜心彤不是一般人。也因為如此，對於她沒有試圖為小萍做些什麼，我還是很失望。這種失望不是真正討厭無情的卜心彤，或者一定程度上，是對自己的無能為力感到自責。

而我心裡如同一百隻爪子在搔的，還是這一連串詭異事情，究竟是否確實如卜心彤判斷那樣，我有無數個問號，但不知道為何，我就死咬著牙，怎麼都沒有主動去問她。她是怎麼推測出這些事的？又，為什麼她有如此多詭異的手段？難道這個世界除了火箭會飛向太空，也存在著這些說不出口的詭異？悶在胸口，我難受了許多天。

偶爾，我在自家沙發上打瞌睡，還是會感覺腳邊有人坐下，突然睜開眼，卻什麼也沒有。那個扔向我的奇怪物件，像個蟬蛹一樣的東西，我不知道如何處理，就放在鞋櫃上頭，偶爾出門前看見，還會拿起來把玩把玩。依然冰涼的手感，好像告訴我這些事情是千真萬確的，不是我白日發夢。

蘭姨的房子簽約那天，我再一次見到她。本來看著年輕的蘭姨，彷彿老了十多歲，沉默不已，只是照慣例的簽名，蓋章，對於新屋主的問題，也有一搭沒一搭地回答著。我是有些尷尬的，畢竟對於蘭姨，我始終覺得毛骨悚然。是怎麼樣的人才會這麼殘忍，連小萍死後也要折磨。蘭姨對我倒是客客氣氣，因為是我的第一個成交案，不熟悉的手續以及程序，多虧了巨哥以及代書在旁邊協助。

鬼拍手

收到了仲介費，我才想起好像還欠卜心彤八千塊。

這是我第一單，總覺得應該好好謝謝她，有著將近十萬塊新台幣的收入，我覺得自己發了，便想訂一間好一點的餐廳謝謝她。

沒想到，還沒實踐這件事，我就收到了一個奇怪的盒子，署名要給我。

打開那盒子，裡頭塞滿了舊報紙，裡頭只有一張A4白紙，以及一張照片。照片中有一棟三層樓的屋舍，看起來很熟悉。

拍照的人對焦很準，相機也不錯，屋舍拍得很清晰，但照片的右下角，拍攝者似乎左手拿著其他東西，因為對焦關係顯得有些模糊，只能看到大略是拇指的指尖，以及一個灰褐色的細長東西。

手邊有事情在忙，我先把盒子擱著。等回到家重新看了，愈看愈覺得奇怪。這屋舍熟悉得太離譜，就在我揉頭搓腦總覺得快要想起來什麼的時候，突然一陣電流從我尾椎冒起，直衝我的腦門。

那個模糊影像手裡拿的東西。

我走到鞋櫃，拿出那個扔向我的物件。

像個蟬蛹，一模一樣的。

我拿出那張紙，上面只寫著短短的一句話：

還記得這裡嗎？

我想起來了。這是我高中時經常待著的自然科大樓。
只是，怎麼會有這張照片？而為何又有這個一樣的東西在照片裡？
發寒。
我覺得此時此刻有無數的目光看向我，但這些目光都在暗處。
這時候，我的手機響了。
電話響了幾聲便掛了，是個陌生的號碼。詐騙太多了，我也沒想撥電話回去，沒過多久，手機來了訊息。訊息不長，短短幾個字：
「楊樹，我世充。方便見面嗎？」

養了一個鬼等他

還記得這裡嗎？

我在綠色招牌的咖啡店點了一杯每日精選，今天的咖啡偏酸。放下咖啡，我左手拿著那張照片，右手拿著那張紙。翟世充是我高中同學，算一算也有很久沒見了，偶爾在一般同學聚會碰上會聊個幾句，如果不說，可能其他人都不能感覺我與他高中時是幾乎整天混在一起的。

我們就經常在照片上的那棟大樓混時間，吃中午的便當，偷抽菸然後幻想自己可以運氣很好隨便考上一流大學。畢業之後我只上了私立的一般大學，他考得倒比我好一些，到了國立大學尾端，聽說不滿意，跑去重考班了。就是那時候，因為不打擾他準備考試，加上大學新生活的刺激，兩人的聯繫就斷了。之後在同學的聚會上碰面，一開始我還是很熱情，但聽他說重考還是不滿意，就先去當了一年四個月的兵，接著就回鄉下去了。

本來以為這種突然聯繫的朋友，一半機會是來宣傳什麼被動收入，或者「先不說這個了，你知道XX嗎」這種直銷，或者推銷買保險。基於同學一場我還是會碰面，但一定婉拒。我生吃都不夠了，哪裡來的多餘的錢去晒乾？

等我回過神來，對照剛收到的這張照片，覺得事情應該有些不同。其一是太巧合了，這大樓在高中母校，基本上很少人會去，就我跟他兩人。而收到這照片後，很快就接到他的聯繫，怎麼想都有關係。

上次冠絕強國的事件之後，我開始有點混亂，什麼事情都往神祕的方向去想，私下裡沒事也喜歡上網看一些詭異的、靈異的、懸疑的文章。我深呼吸了一口氣，將白紙收起來，一個身材壯碩的男子站在我的眼前。

翟世充抓著頭，不好意思地坐了下來：「抱歉啊，路不熟遲到了。」

「好久不見啊。」我說：「先說喔，我沒有錢買保險、做直銷，也對虛擬貨幣不感興趣喔。」翟世充苦笑了一下，說道：「你幽默多了。最近好嗎？」

我們坐著閒聊了一陣，無非就是關心一下這幾年疏於聯絡的一切。翟世充退伍後回去中南部沿海老家，而我除了賣飯糰以外，就是一個窮小子，說了沒一下，竟然發覺自己的人生乏善可陳。咖啡店人不多，顯得安靜，他瞄了一眼我還放在桌上的照片，用右手食指指著那棟樓。

「這個，叫做裡屋。」他說。

他說，你做仲介的，可能聽過很多神奇古怪的事，但這件事肯定沒聽過。他問我是否還記得畢業前我們兩個實驗的結果，我抖了一下，告訴他，這我幾乎要忘記了，「照片是你寄給我的吧？怎麼突然寄這照片給我？」

我見他欲言又止，站起身去櫃檯替他點杯咖啡。回來之後好一下子，他才告訴我，他認識邱秀蘭。

「蘭姨？」我頭縮了一下：「這是巧合嗎？」

過了好多年，翟世充的膚色黑了，略帶點自然捲的頭髮很蓬鬆，劉海微微蓋住眉毛，讓他小眼睛看起來很有神。他說，回鄉下以後，找不到工作，就在新港一間很有名的廟前面擺攤，本來是批了一些土產、蕃薯餅來賣，後來經人介紹，賣起了一些小飾品二手貨，生意還不錯。說著，他拿出了那個蟬蛹，遞到我眼前。我接過來，仔細看了一下，跟我手裡那個一模一樣。就是在攤位上，他遇見了蘭姨。

「你這個也是從她那裡拿到的？」我好奇。

「不，」他說：「這東西實際怎麼到我手上的，我沒有印象了，東西都是一批一批到貨，賣家就那麼幾個，我如果認真查，說不定能查到。邱小姐是到我那裡拜拜，逛到攤子上，看見了這個小東西。」

翟世充說，蘭姨當下就問這是哪裡來的，賣多少錢。他覺得有機會，這時候依照慣例是把價錢拉高，但不知道為什麼，即使他開了一個算起來有點離譜的價錢，蘭姨還是二話不說決定要買。

「那為什麼東西還在你手上？」

「她多給了我五千塊，要我在指定的時間幫她送到這裡的某個地址，是上個月的事情，地方我熟，畢竟我從小在這裡長大，但奇怪的是那個地址不存在，邱小姐的電話也是空號，我只好白跑一趟，反正錢都收了，資訊有誤也不是我的問題。只是，回去之後過沒幾天，我就收到了那張照片，加上那張紙。」

他手指著桌上的照片：「就是這張。」

「我是看了這個照片，覺得熟悉，才想起你，想跟你聯絡卻打到你家裡去了，輾轉才從你公司找到你的電話，然後依照指示把東西寄給你。」

依照指示？

他點頭，拿出另外一張Ａ４紙，上面寫著：

寄給你的同學　　邱秀蘭

這事情透露著詭異啊。

我跟他說，你也真單純，這麼詭異的事情你想也沒想就聯絡我，難道不怕把我給捲進了什麼奇怪的事情？他說，突然說寄給同學，他一開始也慌了，仔細推敲了很久才覺得應該是我。況且都收了人家的錢，基於職業道德，把事情辦妥當了才不會良心不安。不過事情到這裡還沒完，他這趟上來，除了約我碰面把這件事情告訴我，還有另外一件重要的事，關於蘭姨。

「邱小姐，也就是你口中的蘭姨，我跟她第一次碰面，也是唯一一次，就在我的攤子前。她看了這個東西之後，付錢，然後告訴我，她兒子也有一個一樣的，而且看得比什麼都重要，每天拿在手裡。她覺得買給她兒子，他一定會很開心。」

「她兒子？她兒子根本就——」

我還沒說完，世充制止了我：「重點不在這裡，是她交代我什麼時候送到什麼地點之後，要走之前，跟我說了很奇怪的話。」

第一句話，她說：「我兒子很快就會回來了。」

第二句話，讓人毛骨悚然。

「為了我兒子，我養了一個鬼等他。」

第二個委託案件

小萍那悲傷的神情好像又在我的眼前。見我沒有驚嚇的反應，翟世充似乎有些失望。我嘆了一口氣，把之前發生的事情約略地說了出來，本來以為翟世充會很驚訝，沒想到他好像在聽童話故事一樣，只有在陰兵借道的地方多問了兩下，好像很好奇。還有卜心彤的一些手段，似乎也很有興趣。

「其實，蘭姨也是可憐人，為了自己那不成材的兒子，下半輩子都亂了。」他說。

我搖頭不認同。不管事情如何，她兒子終究是害人性命，而接下來蘭姨的所作所為，更加讓人不敢苟同。話說到這裡，詭異的繼續詭異，我們兩個也討論不出什麼所以然。世充問我，北上這幾天想找個地方住，問我那裡方不方便。我望了望他腳邊的運動背包，這明顯就是打定主意要去我那裡了，反正我一個人，小套房還有張沙發，也就答應了。

回家以後我拿出自己的那個蟬蛹跟他手中的比對了一下，幾乎是一模一樣。這東西究竟有什麼不對勁，我們琢磨了好一下子，也抓不著頭緒，便這麼擱著了。想不通的事情還是交給卜心彤這種大人物處理好了。說到她，倒是忘了欠她的錢，打算晚上找時間拿過去給她。雖然有些尷尬，但欠人的總得還。再說她按摩是真的有用，之後還替我處理了小萍的事，這麼計算下來，這一萬塊還真的不貴。

晚上準備出門時，翟世充問我方不方便載他一程，他恰好有個客戶，可以從那裡收一些貨。這麼一說我倒是有點興趣，問他這些所謂的「貨」到底都是哪些，又是什麼機緣能夠有這種管道。這一說確實很有趣，所謂的貨源，乍聽好像都是一些贓貨，賊仔貨銷贓的管道罷了，實際上不盡然如此。他告訴我，贓貨一般都有特定的管道，這個他插手不了，背後是有勢力的。他的來源比較單純，很多產業道路旁有些鐵皮屋，招牌掛著「舊貨中心」。但最大宗的來源卻奇特，是汽車殺肉場，也就是收購報廢車輛的地方。這些地方搜羅了報廢車，除了車子的零件之外，車上還會有些東西，舉凡神像、掛飾、手套箱裡的一些物件，一眼看去就值錢的當然被收走了，看不出所以然的，就會落到他的手裡。

裡面偶爾也會出現一些好東西，曾經翟世充就收了一塊石頭，擺攤時候被一個做珠寶的老闆看見了，買了回去，價格很便宜，幾百塊。回頭那個胖老闆包了一個紅包給他，原來是塊寶石。說真的，沒專業知識還真淘不到什麼寶物。

翟世充跟人約見面的地方地址很古怪，沒有巷弄，導航上面也沒有確實的位置，是在山上。地點鄰近新北市鶯歌的一座監獄，山下附近還有火車通過。我載著他繞了許久，總算找到位置。

房子的外面有個井，現在已經不多見了，石頭做的井身外面杵著圓形的鐵架擋著，靠近房子先是一條水溝，差不多成年男子一步的寬度，再往前是向下的，大約三十公分，等於屋子比路還矮，整個房子是低下去的。走了兩步右轉才是房子的入口，門不靠著路，反而與路垂直。

天色已晚，翟世充敲了敲門，門拉開了一個縫，一個腦袋探了出來。

從腦袋就可以感覺這人很油亮，從腦袋正中間有頭髮到後腦，前面整片透過光線差點可以照鏡子。「充哥，來啦。」這個五大三粗的傢伙瞥了我一眼，眼光充滿了疑慮。「這我好朋友，楊樹，今天陪我過來。」

我點點頭，算是禮貌回應，這時大胖哥笑了：「充哥開玩笑了，我就是歡迎新朋友而已，裡面坐。」

外頭看起來不怎麼樣，裡面卻風格很不錯，木質地板，灰色有點漸層的工業風牆壁，頭上是現在流行的軌道燈，配上看起來有一百吋的投影布幕，棕色沙發看起來很古典，那皮質我摸了摸，應該不便宜。進門之後外面的蟲鳴車馬聲就沒了，可見隔音設備相當不錯，真看不出裡面是這麼好的地方。但，這風水真的很怪。雖然我算是半吊子的仲介，對這些風水坐向不是理解得很透徹，不過聽多了也知道，房子比路矮，出門眾人踩。門開不對路，生活總是苦。

基本禮節我還有，左看右看了一下，倒是沒有多嘴。大胖哥自我介紹，叫做楚自雄，大約四十多歲人，皮膚很白，戴著副咖啡色粗框的眼鏡，身上穿著很復古的中山裝一樣的衣服。手指戴著超大顆黑色寶石的戒指，胖壯胖壯的，聲音很宏亮有磁性，手指頭有些短。他一屁股坐下，整個沙發像電梯下樓一樣沉了一下。

「楊先生看起來很年輕呵，以後希望多有合作機會啊。」楚哥說道，幫我們兩個倒了茶，還熱著，應該是才煮沒多久。我笑了一下沒搭話，端起茶杯，觸感有些粗，內緣白色的部分有些茶漬，黃黃的。

「楊大哥別見笑啊，這杯子養了很久，看起來有點髒，其實這才是好茶杯，你喝喝看就知道。」我吸了一口茶。確實茶香四溢，即便不懂茶的人如我，也明白這茶肯定很高檔。

翟世充也喝了一口，兩個人感覺都不急，閒聊著哪裡的什麼哥，上次淘到了什麼好貨，又撈了多少錢。我隨便聽著，專注力都放在這屋子裡，職業病使然，覺得這客廳方正採光好，裝潢有質感，使用的家具感覺品質也高，想必這個楚哥撈了不少。

翟世充跟我介紹道：「楚哥的本業是汽車維修，所以跟殺肉場，也就是凱汰場很熟，可以幫我拿到一些品相漂亮的貨。」楚哥笑著客套，不一會兒從櫃子裡拿出個木盒，放在桌上。這木盒上還有幾絲幾絲金線，光是這盒子恐怕就價值不菲。世充沒有動手，好像等著楚哥介紹。楚哥喝了一口茶，把剩餘的倒掉，說道：「這次的東西比較特別，是從一個大老闆車上弄到的，真假不保證，充哥打開看看。」

世充二話不說，打開這個木盒，裡面幾樣東西，他一個一個拿出來。

對於這些東西我並不了解，就看見一個像玉佩一樣的吊墜，一張看起來很有年分的泛黃紙張，一個木作的菸灰缸（裡頭還有些菸灰沒洗乾淨黏著），一個老菸斗，兩顆比手掌小一點、有些生鏽的圓形鋼球。最後則是一把虎口長的小刀，刀身黑色發亮。

裡面我覺得最有價值的大概就是那個玉佩，但我看起來最漂亮的卻是那把小刀，拆信刀似的大小，刀柄還有雕刻，很精細美麗。

「這些是全切了，還是託著？」世充問道。楚哥說，這些東西價值不錯，但是希望全切了，如果現金不夠沒關係，一切好說。

我猜「切了」就是買斷，託著就是寄賣抽成，事實上也八九不離十。世充問了價錢，楚哥左手一根食指，右手握著拳頭。世充低頭想了一下，點點頭，從包裡掏出一本現金，上頭還綁著銀行的腰帶。

楚哥也沒點錢，掙扎著半蹲起來，艱困地把錢塞進褲子口袋：「充哥果然手骨夠粗，太感謝了。來，喝茶。」熱水壺還咕嚕咕嚕地繼續煮著水，楚哥拿熱水沖了一下茶壺茶杯，再給我們倒了一杯。看我一直看著坐著的沙發，楚哥笑道：「楊大哥好像很喜歡這組沙發啊。」

世充揮揮手：「他就賣房子的，對這些東西比較注意。」

我尷尬地微笑，發覺在這裡的世充，好像另外一個人，說話態度、口氣都顯得很大器，至少在氣勢上沒有被楚哥壓過。楚哥一聽我是賣房子的，又替我倒了一杯茶。

「楊大哥是做房屋買賣的啊？這樣太巧了，我手裡剛好有一間房子要賣，賣了好久都沒辦法，要不就麻煩你幫個忙？」

「不要這樣說，不然我們找時間過去看看，然後簽個委託書如何？」

沒想到來這一趟，還能撿個生意回家，心裡不由得開心了。世充眉頭一皺，問道：「楚哥那房子，是之前那個吧？」

楚哥抓抓自己所剩不多頭髮的後腦勺：「是啊，就是之前出了那件事，加上隔壁鄰居實在夠雞婆，每次都亂說，害得到現在也沒賣掉。」

「是……凶宅？」我直接問，畢竟都要賣了，還得全盤掌握才行。

楚哥說：「是凶宅沒錯，之前好像一女孩子租客在那裡上吊，處理完了以後用很便宜的價錢賣了，接手的屋主據說也沒有留太久，隔了一手我也就買下這不需要註記凶宅的物件。沒想到鄰居大嘴巴，來看房的都被鄰居那個老太婆給嚇跑了。這一大筆錢卡在那裡，每個月還要繳錢，租嘛也不怎麼好租，所以就想麻煩楊大哥給我處理了。」

凶宅這種物件，確實不好脫手，但勝在價格便宜，有點耐性總會找到不避諱的買家。加上確實過了一手，已經不被註記凶宅，雖然有過度熱心的鄰居，不過應該有辦法包個紅包解決。看來自己有點擺脫不了仲介凶宅的命運，我苦笑了一下，世充手肘推了我，表情有點怪。我有點不明就裡，這時楚哥說道：「其實離這裡也不遠，要不我們現在過去看看？」

「楚哥，我們還得拿東西過去朋友那裡。」世充笑了笑，看著我說道：「卜小姐那邊可能得趕快了吧？」

我點頭，這倒是真的。楚哥站了起來，從一旁的酒櫃拿出一張磁卡一把鑰匙，放在桌上：「那地址我等等發訊息給你，有時間你們過去看一下，至於委託書，我隨時可以簽。我說話一百個準，專任委託就絕對不會改變，仲介費我給你五%，只要脫手就好。買價我等等也一起給你，至於賣多少，不要讓我虧太多，脫手就好，最近有點需要現金。」

世充客氣了幾聲，拿起那些東西準備放入背包，楚哥拍了世充手背一下：「等等，這盒子也是，一起帶走吧，金絲楠，值錢。」

世充眉頭一挑，摸了摸那盒子，將這些東西塞回去，抱著盒子放進自己的運動背包。本來斜背在肩上，現在倒是抱在懷裡緊緊的。

回去的路上，世充在後座，由於抱著那背包，我總覺得自己的背讓那木盒頂得都要骨折了。「感覺你好像不大想要我幫他賣那房子？」我回過頭說道。速度不快，聲音不必很大，世充也能聽得清楚。

「那房子我去過，感覺很怪，是超過三十年的老透天，前幾年房市好，投資客買去整理之後丟出來，裡面倒是很不錯，但就透露著一股詭異。」

「怎麼個詭異法？」我心頭一跳。

「真的有興趣，我們現在繞過去看看？」

「剛才你又拒絕，現在又過去，你要我啊？」

「不是拒絕，是不想跟著楚大胖一起去，到了那裡我再詳細跟你說。」

楚哥倒是快人快手，地址很快已經發到世充的通訊軟體，世充讓我路邊停一下，買了兩罐水，設了導航就往那裡去。確實不大遠，一個長下坡之後大概再十分鐘，左彎右繞，就是比較傳統的市容。「到了。」

我停下機車，接過世充遞過來的水，咕嚕咕嚕喝了兩大口，隨著他手指的方向看著這個老透天。透天外觀是貼著小方磁磚，紅的、黃的。現在已經很少這種建築，看過去三層樓外加頂樓搭了個鐵皮，外牆的小磁磚有些已經剝落了。我們停在巷口，慢慢往那裡走去。房子的旁邊有個很狹小的防火巷，也就這種老街區才有這種設計，隔著防火巷的透天也是差不多高，外牆造型也相差無幾。

走到屋子的門口，突然一陣關門聲，我跟世充轉過頭，隔壁的鐵門拉開了一個縫，一個人臉在門縫裡看著我們。

「莫去，彼死過人，有鬼。莫去。」

有鬼，打了我的頭

世充也沒跟我打招呼，徑直往那個聲音走去：「阿姨，我們就來看看，你知道這裡發生過什麼事情嗎？」我站在物件門口，看著世充在那邊跟操著台語口音的阿姨說話。這阿姨真的非常熱心，想必也是不希望有人被騙了，但我可沒辦法，如果要賣這房子，怎麼說也得過來看看。

翟世充走回來，對我搖頭：「什麼也沒問出來，就一直讓我們不要進去。」

我雙手一攤，看著這傳統白鐵門：「進去嗎？」

「怎麼，你怕？」

我怕屁怕？老子看著小萍轉啊轉的時候你還在媽媽十塊咧。

世充拿出那把大鑰匙，轉動開門，突然我聽見一陣嘶吼，就像小時候走過巷子，狗從門裡衝出來的那種感覺。一陣風撲面而來，我都感覺自己頭被吹仰了。但，還有第二道門。風怎麼吹過來的？

右手轉著鑰匙，左手拉著門把，世充停下動作看了我一眼。

「你感覺到了？」

我點點頭：「你聽見那聲音了沒有？」

「感覺是屋子裡窗沒關好，風吹的聲音而已。走吧。」

第二道門是電子鎖，磁卡感應一下就「喀」的一聲開了。

一進門，世充摸索著開了燈，眼前是一個大大的屏風，擋住了大部分的視線，繞過屏風左手邊是客廳，一組三加二的木質椅子，上面鋪著黃色的椅墊，看起來倒是比較傳統的擺設。我拿出手機開始簡單拍照，過了客廳是餐桌椅，看那質地應該是與客廳椅子一套的木頭，帶點暗紅色的木紋。右邊到底一扇塑鋼門，世充打開，是廚房。後端的燈光不是很明亮，只有餐桌上一盞看起來是T8的傳統日光燈，變壓器還嘶嘶叫著，感覺快掛了。

走在大面的拋光石英磚上，腳底透著冰涼。掀開廚房的門簾，廚房倒是夠大，看起來也乾淨，後邊還有一道門，打開之後是後陽台，有熱水器這些東西。廚房的燈光倒是夠亮，我關了燈準備上樓瞧瞧，但關燈的那一瞬間，感覺角落好像有什麼東西蹲在那裡一樣，我又打開燈一看，發現是個大垃圾桶。

上到二樓，正對著樓梯口是一間房，看來是主臥室，但門鎖著進不去，拉了拉把手，只好放棄，過兩天再跟楚大胖拿鑰匙。轉過走道底彎著上樓，是兩間房，對著樓梯口這間相當不錯，裝潢算精細，間接照明一開，很柔和的自然黃光，就是天花板有些低，顯然因為隔了間接照明的緣故。床看起來是雙人加大，靠著窗還有書桌椅，上面擺著一個電腦螢幕，但沒有主機了。後面還有一間稍微小一點的房間，看起來像書房，有一張沙發床。書櫃上凌亂擺著幾本書，我看了看，都是一些唐詩宋詞、古文觀止這種。走到底是一間浴室，不大，也沒有浴缸。樓梯再往上就是頂樓了，一道厚重的鐵門拴著，走到鐵門前，發覺天頂有些太低了，上面還有個掛鉤，害我得微微低著頭以免敲到，世充站在我身後，拉了拉自己的背包：「上去看看。」

門閂有些鏽，來回拉轉了好一下子才打開，聲音很刺耳。門一開竟然是一個像佛堂一樣的小客廳，有一組看起來很新的沙發，靠著門這邊竟然還有一台尺寸頗大的電視。落地窗沒關緊，這是正常的，沒人住的房子如果門窗都關死，很容易在雨後出太陽，導致反潮，北台灣潮濕，容易讓牆壁出水。落地窗上有窗簾的軌道，但不知道為什麼，窗簾拆了，外頭是一個滿大的陽台，有一些萬年青盆栽。開燈一看地板因為沒有清理有些髒，也就沒有踩出去。

我跟世充坐在沙發上，討論了一下，覺得這屋子雖然老，但裡面保養還不錯，採光、通風都算上等，若是我手頭有幾個錢，不考慮之前是凶宅的話，這房子完全可以入手。難怪楚大胖那時候會買下來投資了。

世充從背包裡拿出一包洋芋片，打開之後遞給我，一邊吃著一邊說道：「楚大胖說他的買價四百多萬，我想不要賠太多的狀況下，應該成交不難吧。」

新北這一區房價雖然不高，但三十多年快四十年的老透天，地坪大約有二十，外觀雖然舊了一點，內部維護得相當好，如果可以處理好凶宅以及鄰居的問題，看來是很有利潤的。

「進來這麼久，有什麼奇特的感覺沒有？」我問道。

「我又不是靈媒，哪裡來的奇特感覺。很多時候恐懼是被自己嚇的，沒聽說嗎？絕大部分的撞鬼經驗都是自己想像力太豐富。」

他話才說完，鐵門「砰」的一聲關了起來。

我倆面面相覷，幾秒之後我笑了：「恐懼是自己嚇的。」嘴巴嘟了嘟落地窗：「窗戶沒關。」世充自己也笑，攤成了個大字形在沙發上，嘴裡還嚼著洋芋片。

「走吧，累了，回家睡覺去。」我說。

「就在這裡睡吧，你看多好的地方，比你的套房舒服多了。」

我拍了他的頭一下，催促他離開。拉開那厚重的鐵門，我心想，這麼重的門，剛才那陣風得要多大才吹得動，我們在沙發上，怎麼一點也沒感覺到呢？

走下樓梯，才第二階就發覺自己的後腦被拍了一下，我大怒，以為是翟世充報仇來著，回過頭就給他一個拐子。一轉身才發覺，後頭沒人呢。

「你幹什麼啊你！」我大吼。

「砰」的一聲，我聽見落地窗關上的聲音，世充快步走來，背對著鐵門將門拴上，一臉嚴肅。我「嘖」了他一聲，也不以為意，邁步就往下走去。

「剛才你出來，沒關燈嗎？」

經過廁所，發覺燈還開著，我便開口問道。

世充搖頭，推了我一把，讓我往前。我嚷嚷著要把燈關上才行，他也不理我，再下一層到了主臥室，我習慣性地去拉一拉門把，確認門還鎖著。

這麼一拉，門「歪」的一聲。

我停下腳步回頭看著世充。

開了。

那一隻腳是誰的？

世充一個箭步上前把門拉上，用眼神示意我繼續走。霎時間我寒毛直豎，頭也不回就往下走，隨手關了樓梯的燈，兩人像是逃命一樣衝出門外。

這感覺很難形容，本來沒什麼事，但就一點詭異，兩人就忍不住拔腿，好像人群中只要起鬨，大家就會躁動一樣。人心確實很好操控，我關上最外面的鐵門之後，心裡感嘆著。

「你不要以為偷打我的事就這樣算了。」我恨恨地說，那一下挺痛的。

世充抬頭看著這房子，眉頭緊皺，也不知道想些什麼。

「不是打，是踹的。」他說。

「哇操，你還出腳啊！」我大怒。

「不是我。」世充轉過頭來看著我，回去再說吧，你看那個阿姨又出來了。

我一轉頭，防火巷旁邊的阿姨又拉開一條門縫，只有兩隻眼睛像會發光一樣看著我們，我抖了一下，微微點頭算是打了招呼，就往巷子口走。

「不要再來啦！」阿姨對著我們說道。

世充對著我苦笑，然後我們上了機車，落荒而逃一樣。

一路上世充很沉默，我還以為他是因為洋芋片落在屋子裡而沮喪。不管經歷過多少耐人尋味的事情，我發覺自己總有一種天賦，我很容易忘記，特別是想不通的事情。這應當屬於樂天的一種，想不透的事情我就不去想，很多時候這樣生活比較沒煩惱。但當我以為我只是刻意遺忘，事實上這些事情都留著，留在心裡的一個角落，時候到了會一次性的爆發出來。

輪流梳洗之後，我躺在床上看著今天拍的照片，世充在沙發上，原則上算是離我有一小段距離的頭靠頭，呈九十度。我轉過頭看著他的頭頂：「你覺得這開價應該多少比較適合？」

世充鼻子噴了一氣：「明天我們先去見見你說的那個卜小姐吧。」

「怎麼？」我疑惑地。

「你不是說她有些本事嗎？我想這房子賣掉之前，說不定可以讓那個卜小姐看看。」他說：「我得思考一下，有些事情明天再跟你討論吧。睡了。」

神神祕祕的。

也許真的累了，我沒多久就睡了，一夜無話。

隔天起來，覺得自己後腦特別痛，好像被人用錐子鑽頭一樣，一摸不得了，頭髮還掉了幾撮。我對著鏡子看了半天，也沒看出什麼。突然鏡子出現一顆頭，嚇了我一跳。「你幹麼啊你！」

世充從我背後探出腦袋，還是一臉嚴肅。「趕緊梳洗，我們去找那個卜小姐。」

對於我那時候的少一根筋，我是充滿了感激的。或者因為身邊的人總是能力極強，從小我就養成了天塌下來有人擋著的觀念，即使遇到了不可思議的事情，仍舊沒有改變我。或許因為這樣的個性，讓我在不知不覺中替身邊的人帶來了麻煩，甚至帶來了危險。就是因為在這種懵懂之中被保護著，我才得以好好地敘說這些事情，也終於明白，從小聽過太多「這些事情你知道了對你沒好處」這些話，究竟代表著什麼。

知道的愈多，你的表情、肢體動作就會露餡。

然後，危險就來了。

卜心彤的按摩店沒開，我們在門口等著，趁著這個時間我給公司打了電話，說今天接了一個委託，要去簽約。事實上主任美姐對我們很好，不必每天上班打卡。過了好一下子，卜心彤才回來，手裡抱著一桶炸雞，後面跟著一隻虎斑貓，一臉疑惑地看著我們。

「你去哪裡了？」卜心彤走到我面前，問道。

世充瞪大眼睛看著我，一臉曖昧。是啊，這話說起來也太像情侶之間的對話了，我趕緊搖手，正想解釋的時候。

「那隻腳是誰的？」

我看了世充一眼，瞬間遍體發涼。

一切都來不及了

「楊樹，進來之前要低頭，愈低愈好。」卜心彤說道：「至於你……在門口等一分鐘再進來。」

世充指著自己，見卜心彤點頭，只好無奈先在門口稍等。

卜心彤進門之後先放下手裡的炸雞桶，那虎斑貓「喵嗚」的一聲跳到後頭去，隨即我就看見卜心彤招牌的大拇指點著我的額頭，另外一隻手在我後腦抓啊抓的，不知道在抓什麼。昨天的事情我都還沒跟她說明呢，這下就開始了儀式，難道昨天楚大胖那個屋子真的那麼邪門？

我一邊想拿出皮夾，才一動作馬上就被卜心彤制止，拇指抵著我的額頭，我連低頭都沒辦法。那力量大得嚇人。沒一會兒，卜心彤原本在我後腦抓著的左手放下，在自己的眼前，好像拿著什麼一樣端詳著。我伸長脖子跟著湊上前去，什麼也沒有，她的手掌倒是白白淨淨的，掌紋相當明顯。

「你看得到什麼嗎？」她問。這個時候，世充走了進來。

我搖頭。「那你湊上來看什麼熱鬧啊，笨蛋。」

她左手好像握著什麼，似乎很用力，都可以發覺她的手在抖著，指節都發白了。

隨即她蹲下，從櫃子裡拿出一個編織的麻袋，好像把手上那個不存在的東西放進去，左三圈右三圈把袋口給綁緊了。

「接下來換你了。」

翟世充指著自己：「我也要？」

卜心彤說道：「你身上有很不好的東西，方便的話拿出來我看看。」

世充看了看自己的左右手，抓抓腦袋，把身上的包取下來，把裡面的東西倒在地上。除了昨天楚大胖給的那個金絲楠木、一雙捲起來的臭襪子、兩疊鈔票，一罐喝一半的礦泉水和手機充電器，就什麼也沒有了。卜心彤打開盒子，最先拿出來的就是那只我也有一個的蟬蛹，對著燈光仔細看了一下，然後就放回去。我還以為這個東西不對勁，看來連卜心彤也沒看出所以然。

像市場挑菜一樣揀了半天，抬起頭看著我們，說道：「這些東西哪裡來的？」

見我點頭，世充才開口回答道：「這些都是些舊貨，我做這個買賣的，昨天才跟楊樹去收回來。這些東西，有問題嗎？」

卜心彤點點頭，從手腕拿出一個髮圈把頭髮綁起來，瞇著眼睛，有點像惡作劇的表情，說道：「你們覺得這裡面，哪個東西有問題？」

我搖頭，世充一臉發愣，怎麼解決問題還要玩遊戲？

「好吧，原來你們也不知道，那我只好一個一個看了。」

世充斜眼看我，一副「這傢伙是不是來亂的」的表情。

卜心彤拿出那張泛黃的紙，甩了兩下，世充見狀趕緊制止：「小心點，那是要賣錢的！」卜心彤笑了笑，拿出一個碗裝滿水，把那紙給整張浸泡下去。這一下世充萬念俱灰，嘴裡喃喃著：「我的錢……我的錢！」

「你們看。」

卜心彤拿出紙，甩了一下，我們湊上前去。世充這下子也因為好奇忘了他的鈔票浸水了，跟著湊上來。

一切都來不及了。

七個字。我們兩個瞪大了眼睛，沒想過原來紙上還有這麼一招。卜心彤把紙攤開放在桌上，歪著頭想了一下：「沒想到還真的有字。」

什麼啊！原來是歪打正著，我整個人冒問號，開始懷疑卜心彤是不是靠得住了。世充沒有說話，好像想著什麼。卜心彤繼續翻查其他的物品，過了好一會兒，世充突然叫了一聲：「我想起來了。」

他說，當時蘭姨要他親自把那個蟬蛹送過來北部的時候，也說過這句話。那時候他還想，來不及了還送過去幹麼呢？卜心彤聽不明白，我簡單解釋了一下世充北上的原由，以及那張「寄給你同學」的紙條。這麼詭異的事情，卜心彤卻好像聽了就算一樣，沒發表什麼高見，倒是讓我有些小失望。

「那個玉佩……」卜心彤突然說道。

喔喔喔，我覺得有狀況，誰知下一秒鐘，「那個玉佩能不能送給我啊？好漂亮。」

翟世充裝作沒聽到，自顧自地把這些東西收回那個木盒裡。拿起木盒的時候，突然空空如也的木盒竟然發出「喀」的一聲，我把木盒拿過來，使勁搖了搖。

「裡面好像還有東西。」

盒子底部塞著紅絨泡棉，我使勁把紅絨拉開，下面什麼也沒有。東摸西摸，總算在靠近關節的地方摸到了一個隙縫，但不知道該怎麼打開。世充接手，手指推著盒子裡面，往上一擠，像個閘門一樣，盒子打開了。真是精密的工藝，開了這麼一個洞，如果不是那個聲響，還真的沒辦法發覺有隙縫。加上這盒子本身看起來價格就高，誰也不會沒事拿起來晃動，這就是燈下黑，重要的東西就塞在那裡，沒點心理準備無論如何也發現不了。

夾層的空間不大，一個灰色的、質地像眼鏡布一樣包著的東西，放在桌上不過一個指頭大小，半個指頭寬。我們眼巴巴看著卜心彤，不敢打開。卜心彤說她也不敢，萬一裡面是蟑螂該怎麼辦？我心想大小姐，你連鬼都不怕，怕什麼蟑螂啊。心一橫，我就把那塊眼鏡布打開。

「你們說，這個是什麼？」我低下頭仔細看著。

世充吞了一口口水：「我怎麼愈看愈像……」

是耳朵。卜心彤開心地舉手說著。

一個黑色帶著油亮，像極了人類耳朵樣子的東西躺在那裡，耳垂的部分好像被什麼東西拉扯還是燒過，有點破碎，但其他地方大致完好，一眼可判。

「這不會是真的耳朵吧？」我有點發毛。

卜心彤手突然伸進那個小洞，掏了兩下，拿出兩塊碎片，說道：「當然不是真的，這是碰碎的部分，看材質應該是黏土捏的。」

「咦，不對。」卜心彤拿起那個「耳朵」仔細看了看。「只有碎片的部分是黏土，應該是殘缺的部分用黏土去補上的，這怎麼愈看愈像傳說中的那個……」

我湊上去看看，確實跟碎片感覺不一樣，有一種木頭的質感，又有寶石的光澤，斷面的部分看起來好像還是軟的，很神奇。我摸了一下，確實裡面軟的，外面硬的，還有一股淡淡的香味。

「難道是……」世充摸著下巴。

太歲肉！

再訪詭異

他們兩個異口同聲，顯得我就是一個智障。

世充給我解釋，太歲肉就是「肉靈芝」的俗稱，據說是一種可以延年益壽的食材，傳說中是活的，通常在滿月的時候會在山野之間，充滿自然之氣的地方活動，其他時候會躲在地底深處，很難發覺。唯一可以找到的時間就是滿月，但傳說太歲肉是活的，而且速度奇怪，一般人是抓不到的。

我聽得嘖嘖稱奇，這種傳說的東西竟然出現在我眼前，而且還是可以延年益壽的神物，我們現在一人咬一口，不就可以長生不老了？

卜心彤「啐」了一聲，「先不說這是不是真的太歲肉，假設這個放了一百年，上面多少細菌，你咬一口還沒延年益壽，可能就先中毒死掉了。」

我尷尬地笑了一下，拿起來一聞，真正有一種淡淡的香味，有點像桃子，又有點像乳犬的腳底肉墊那種味道。聞著聞著，真的很想咬一口試試，世充趕忙將太歲肉拿走，「這可是我花錢買的，別吃，可以賣錢的。」

世充說，一般取了這貨，是不能追問來源的，即使是從報廢車上拿到，也不能問什麼車，怕人循線就查到太多，如果被警察抓了，一抓一串粽子，那就壞事了。這是行規，不能打破。所以為何有這樣的東西藏在夾層，我們是沒辦法知道了。

我問，有沒有辦法確定這是真的太歲肉？卜心彤說有，但那個人她現在不想聯絡，如果有機會再問問。世充說我很笨，沒有確定，說它是它就是，反正擺在那裡，識貨的就會下手，實際到底怎麼樣，就算知道了又如何。我覺得他真是一個天生的奸商，完全沒想過這種傳說中的珍寶，自己拿來用會不會更好。

「這種東西就算是真的，也輪不到我們。」他說。

話才說完，剛才卜心彤拿出來的那個袋子突然動了一下，我嚇了一跳差點掉下椅子。

「差點忘了這個。」卜心彤拎著袋子，問我這幾天究竟去了哪裡。

我像水桶潑水一樣，把昨天的事大概講了，卜心彤一副恍然大悟的樣子。

「難怪，你膽子真大，從上吊的人下面走過去，而且還走兩次，難怪她要踢你一腳。只是你似乎身上有點不對勁，竟然把她的腳給扯了回來。你都不知道，我看著你頭上插著一隻腳，多好笑啊。」

好笑……我都覺得自己快被嚇個命都沒了。

卜心彤讓世充把太歲肉收好，放回那個夾層。我問她這個腳踢了我一下，還掛在我腦袋上，跟我早上後腦勺掉頭髮有沒有關係？卜心彤看了看我的後腦，嘟著嘴說道：「這就是鬼剃頭。你拿生薑泡在白酒裡頭，度數要高一點的，泡個三天，然後取出來抹在那裡，沒多久就會恢復了。」

我點點頭，摸了摸自己的後腦，沒想到事情竟然這麼詭譎，現在還有一些後怕。我轉頭看著世充，問道：「你早上沒看見我腦袋長了一隻腳嗎？」

世充嘆了一口氣，告訴我昨天我們兩個從楚大胖的屋子頂樓離開的時候，我拍了他一下，他本來也不以為意，誰知道腦袋一歪，看見沒開燈的陽台，好像有個人影，那身材很像楚大胖一樣大個頭。他嚇了一跳，趕緊關燈離開，一走出鐵門就看見一個影子彷彿伸長了手要抓向我的頭，他便催促我趕緊走。

整個背脊都涼了起來。這房子，我還敢賣嗎？

卜心彤說，無論如何這隻腳也得送回去，否則沒多久這女的就找了上來，對我很不好。

我一聽嚇得腳都軟了，雙腿打顫，不好意思地開口問卜心彤，這屋子裡的東西，她能不能幫忙處理一下。

我掏出皮夾，拿出八千塊鈔票，整整齊齊，還翻成同一面，放在桌上，畢恭畢敬地對她說道：「這是上次欠您的八千塊，承蒙您照顧了。這次的事情，您看怎麼處理，多少費用，畢竟那個房子我口頭承諾要仲介了。」

「曲屠香一兩就要兩萬塊錢，你上次給我燒了五兩多……」

卜心彤眨了眨眼，這時候我覺得她那有點圓圓的臉很欠揍。

「話說回來，那個曲屠香到底是什麼，怎麼就那麼貴呢？」我問道。

卜心彤說完之後，我才知道這東西怎麼會貴得那麼離譜。

基本上這東西，是從土葬的幼童頭蓋骨正中間取出的。那裡會有個凹槽，土葬之後屍體慢慢腐化，那塊凹槽裡面的東西取出來，一兩這個東西要用一兩的無根水浸泡，然後放在太陽下晒三天，這三天都得晒滿至少五個小時的太陽，完成之後還得放在神桌下面七天，才算大功告成。由於近年時興火葬，加上得是幼童的頭蓋骨凹洞內的東西才有用，所以這曲屠香是愈來愈少，也愈來愈值錢。我上次就這麼大手大腳燒掉了這麼多，簡直就是敗家子。

曲屠香本來叫做「曲途」，可以讓邪祟繞開，尤其是怨氣，天生討厭曲屠香的味道。而其燃燒後的粉末，可以凝神靜氣，效果卻是讓邪祟產生親近感，不至於有被尾隨、迫害的可能。也就是說，蘭姨那次，卜心彤在我身上撒的粉末就是這個，讓小萍對我產生好感，也就不會對我不利。

說到小萍，我心裡又是一揪，嘆了一口氣。對卜心彤來說，人與靈體是完全不同的，不需要在乎祂們的執著、在乎祂們的委屈，但對我而言，我認為即便是已經失去了生命的祂們，跟我們都是一樣的。這事我也不願多提，但氣氛就這樣稍微淡了下來。最後我答應了卜心彤，這交易完成、順利賣出之後，我會把我浪費的曲屠香賠給她。她笑了笑，像個孩子一樣很開心。

把「腳」送回去這件事很急，但我們只有一台機車，三個人沒辦法過去。卜心彤說她也有車，指著騎樓那台粉紅色有點生鏽、前面還掛著一個籃子的淑女車。我一看就搖頭，那裡還得騎上山路，這車子擺明了就是準備牽幾個鐘頭過去也不一定到得了。最後世充想了個辦法，聯絡楚大胖開車過來，就說要一起過去看房。我問世充，之前不是不想跟楚大胖一起過去嗎？

世充兩手一攤，免錢司機，只好這樣了。他告訴我，之前不想一起去，是想到了之前楚大胖剛買下這凶宅時，曾經邀請過恰好北上的世充，誰知一到門口，隔壁的阿姨又出來了，跟我們遇到的不一樣，對楚大胖，那阿姨可是淒聲厲叫，旁邊雖然沒多少鄰居，卻都給驚得出來跟著看。他想終究我得賣這房，能不要鬧出這些事，還是別鬧比較好。

等待楚大胖的時間，我問卜心彤有沒有什麼護身符可以拿著，至少心靈實力可以讓我晉升一些，或者那曲屠香還有沒有剩下，隨便燒一點保護一下也好。卜心彤說曲屠香確實沒有了，買曲屠香的地方很複雜，不是那麼容易的。至於護身符，卜心彤打開世充那個木盒子，把那把精美的小刀子拿給我，世充在旁邊急得瞪眼，說就算那東西有用，也是他的，怎麼就給楊樹了。卜心彤聳肩嘴巴嘟了一下，拿出那兩個鐵球給世充。世充一手抓著一顆球，心滿意足。

楚大胖來了之後，相互介紹一下，我們沒多說什麼，只說卜心彤是個朋友，也想過去看看。楚大胖看卜心彤的眼神就像狼看見了小羔羊，說有多猥褻就有多猥褻。路上隨便閒聊著，楚大胖罵罵咧咧，批評隔壁那個老太婆很不識相，總是壞人家的生意，就這樣一路到了那房子的地方。楚大胖毫不客氣，巷子就那麼點大，還是硬把自己的豪華大休旅車給停在屋子外頭，難怪隔壁阿姨那麼討厭他。

才剛開門下車，我慣性往隔壁一瞟，阿姨果然拉開門縫。

我以為她又要勸阻我們，想不到她說了一句「真好、真好」之後，「砰」的一聲就把鐵門給關上了。楚大胖用肥短的食指指著那裡，嘴裡罵著，世充從包裡掏出鑰匙遞給我，雙手抱胸看著屋子的外牆。

我一邊開鎖，楚大胖還在對著空氣罵著，卜心彤一臉放空不知道在想什麼，鐵門剛打開，還沒開另外一道門，世充拍了拍我肩膀。

「楊樹，你有沒有覺得，這房子這樣看起來，很不協調，有點詭異。」

我退了兩步，抬頭跟著往上看，看起來很正常，老式透天，但確實有種說不出來的古怪。我甩甩頭，大概是因為這小塊磁磚貼得花樣太醜了點吧，準備把門打開的時候，那種有東西往我這邊衝來的感覺又出現了。我的頭又幾乎要被衝得仰起，卜心彤突然往前一步，感覺立即消失。突然消失的衝擊反而令我更加難受，畢竟有了前次經驗，我牙關一咬，正準備發力，突然抵抗的那股氣就不見了，這一下差點讓我扭了脖子。

楚大胖這時才罵完，往我們這邊走過來：「怎麼不進去啊？」

他一手拿走我手裡的磁卡，準備進門的時候，世充說道：「等等。」

「你們看隔壁的窗戶。」

我們一起抬頭。

「窗戶……高度是不是怪怪的？」

第三章　夾在中間的東西

腳，不見了？

「窗戶……高度是不是有點怪怪的？」

世充說完，我轉頭看了看旁邊的房子，左右看了一下：「咦！」

旁邊的房子一眼看去窗戶都是對齊的，唯獨這棟三層窗戶，最高的那一層竟然比旁邊矮了許多。楚大胖自己也愣了一下，左右看了看：「對啊！我怎麼之前都沒有發現呢？難道室內有挑高？」

世充搖頭：「不僅沒有挑高，昨天我們過來，發覺三樓的天花板還特別低。」

我轉頭看向卜心彤，總覺得身為我們的守護神，她應該表示一些什麼。卜心彤回望了我一眼，問我有沒有帶水，她口渴。然後呢？然後就沒有了。

這還是那個處理陰兵借道的卜心彤嗎？我心裡有點打鼓。

世充看著我，手肘推了我一把：「楊樹，有沒有印象？」

那張照片啊！他說。我想了想，突然靈光一閃。「你是說，自然科大樓？」

他點頭：「這個叫做裡屋，肯定有一層是我們沒發現的，被封起來了。這房子真的古怪，楚哥，你當時買下的時候，賣方有跟你介紹什麼嗎？」

楚哥大咧咧地說道：「介紹個屁！就一個簡單的凶宅，便宜好入手，還不需要花錢改裝，我根本也沒仔細看過就買了。現在這麼一說，我倒覺得賺了，多一層坪數不就更多了！」

說著，他把第二道門打開，首先進去了屋子。

不知道是否我的錯覺，我第二個進去，剛好楚哥把燈打開的那個關頭，好像看見一個影子從餐桌那裡往廚房的方向晃過去。我手伸進口袋，捏了捏那把小刀，告訴自己不怕不怕，有卜心彤在。

世充是最後一個進來的，順手把門帶上之後，楚哥已經往那紫紅色的木椅走去，隨手還點起了一根菸，對著我們說道：「你們慢慢看，我就在這裡等你們吧。」看他滿頭大汗的樣子，這天氣也不算太熱，屋子裡還有些涼快，果然胖子怕熱。世充問他，那可能多一層的夾層，你不去看看嗎？楚哥說，看什麼，裡面有值錢的你們還不會叫我嗎？我就坐一會兒，你們慢慢來。

照片我前一天已經拍得差不多了，回去畫個格局圖就好，現在都有程式，畫這圖很快，倒不需要太費心。世充或許因為很在意那個「裡屋」，招呼了我一下，就往樓上走去。我見狀也跟著上樓，只是回頭看了一眼廚房那裡，心裡有些發毛。

「別看，走吧。」卜心彤推了我一下。

「楚哥一個人在這裡，沒問題吧？」我問道。

「關心你自己就好。」楚大胖噴著煙說道。

一進到屋子裡，本來有些天然呆的卜心彤稍微沉默了，又變回那個俐落的卜小姐。不知道為何我鬆了一口氣，雖然她表情告訴我事情不簡單，但經驗也告訴我，她是靠得住的。

此時已經傍晚，就要天黑，樓梯因為沒有對外窗，有些陰暗。世充已經上到了主臥室門口，或許今天人多了點，他兩手拿著鐵球，催促我快些。我們到了主臥室門口，他指著門把說道：「開門看看。」

昨天本來開不了的門，突然被我拉開了這件事，我們回頭討論過，可能是太久沒開，門的軸承潮濕生鏽，第一次卡卡的，所以以為鎖住了。楚大胖也說基本上沒人動過這房門，一切有了科學的解釋，我看著一手一顆鐵球的世充，心裡嘲笑一下他的膽小，自己卻也先捏了捏口袋的那把小刀，才伸手過去開門。

門一開，感覺一股霉氣衝出來，這房間的對外窗肯定忘了開。我先伸手摸著旁邊的牆，想將燈給打開，突然感覺手背一陣癢，我嚇得把手縮了回來：「有東西摸我。」

世充倒退了一步，誰也不敢先進去房間，卜心彤在旁邊看不過去，一把推開門，燈「喀」的一聲打開了。我轉頭過去，才發現那個癢癢的，其實是牆上掛了一束乾燥花，葉子垂下來，剛巧被我滑過去罷了。我笑自己太膽小，卜心彤在房間來回走了一下。這房間挺大的，床也是雙人加大，沒有床頭櫃，左右兩邊各有一個矮櫃，床上鋪著防塵布套，窗簾是灰色的。面對床的牆有一整面大鏡子，推開才發現是空空的衣櫃，散發出一股樟腦味。

進門左手邊是一個小通道，旁邊拉開又是一間更衣室，裡面空空的，只有一面連身鏡，接著就是浴室。浴室有浴缸，挺大的，還是按摩浴缸，旁邊有乾濕分離的衛浴，馬桶在另外一側，整體雖然不是最高檔的品牌，但看起來確實很不錯。從更衣室走出來之後，世充坐在床的尾部邊緣，我去拉開窗簾，準備開始拍照。昨天就差這一間的照片，雖然要處理「那條腿」的事情，但工作還是得持續進行。

卜心彤一進屋子就顯得沉默，我也不敢打擾她，拍照到一半，我看著窗外，突然間世充「啊」了一聲從床上跳起來。我回過頭，世充說：「剛剛床陷下去了一下，好像有人坐下來了。」

卜心彤搖頭，「不是坐下去，是起身了。」

我靠，整個從腳底毛起來。

「你怎麼不早說？」世充大叫，拿著手裡兩顆鐵球左突右刺：「卜小姐幫幫忙，如果有那個什麼在，先跟我說，我就不要靠近了。」

「嗯……那好，我們得下樓出去。」卜心彤想了一下說道。

「什麼意思？是說這裡到處都是嗎？」我左看右看，拿出那把小刀揮啊揮。

「別這麼怕，這裡空了太久，所以有些東西進來暫住是正常的，通常我們沒有惡意也沒有攻擊性，祂們就在一邊看著，遇到幾個惡作劇的或者會捉弄你們一下，但不會有什麼大問題。」她說：「真正的問題不是這個。」

真正的問題？

我跟翟世充盯著卜心彤。

「這裡可能就是你說的什麼『裡屋』，而且，」她指了指上面：「可能有點凶，所以所有來暫住的，都集中在樓下餐廳跟這裡。」

我小聲地問道：「你說的『所有』，是指多少個？」

「你真的想知道嗎？」她瞪著眼睛。

「沒。我不想知道，永遠不要知道，別跟我說。」

「你們兩個放心，我之前都在你們背上塗了一點曲屠香灰。」

「但是最麻煩的不是這些，而是這個。」

卜心彤拿出那個裝「腳」的袋子。

「不是把『這個』送回去就好了嗎？」我說。

她點頭：「沒錯，事情很簡單，只要送回去就好。但是我剛剛準備進這棟屋子的時候發現，這隻腳……不見了。」

不見了？

祂們都消失了

卜心彤把袋子收起來，同時我耳邊好像聽見一陣陣興奮的低笑聲。我渾身發毛，問她現在走可不可以，反正這袋子裡面的腳已經不見了，說不定「祂」自己走回去上面了。

卜心彤歪著頭想了一下，又把袋子拿出來，房間突然變得安靜。過了兩秒左右，她又把袋子收起來，那低低的笑聲又出現。就這樣她來回玩了幾次，我本來很害怕的，看她這樣好像玩上癮了，我眼白都要翻到後腦勺去。

「別玩了，我都快嚇死了。」我說。

「卜小姐，那個什麼『裡屋』我也不打算去看究竟了，這個腳的事情趕緊處理一下，我們先撤，你說如何？」世充說。

「你們先別緊張，我剛才不是在玩呢。」

卜小姐說，這笑聲來得詭譎，最主要是，第一次她拿出這袋子，本來在這附近的那些「東西」，唰的一下都從窗戶出去了，這裡基本上已經沒有那些物事。那麼……這笑聲哪裡來的？

我跟世充兩人互看了一眼，有股衝動想拔腿就往樓下跑。壓抑這種逃命的欲望是很難的，還好最終我忍住了。「拿好你們的護身符，跟著我走。」

燈都沒關，我們幾乎是逃命一樣地跟著卜心彤。她一邊走，一邊摸著牆，我看了也跟著摸，世充在我背後，也跟著摸。我們三個就像盲人一樣，摸著牆往上，速度奇慢無比。

知道這房子格局古怪之後，我才察覺這二樓往三樓的樓梯還是正常的，到了三樓兩間房間，卜小姐搖頭，表示沒發現什麼。而三樓往頂樓的樓梯，顯得有點太長。我們直接跳過三樓，繼續摸著牆向上，到樓梯的一半，我感覺這牆壁的觸感有些不同。

一般水泥牆面不管怎麼抹平、泥作師傅功力再好，多少還是有些凹凸不平，油漆的面也會有些許顆粒才對。但這一段的牆壁平得不像話，摸起來光滑，還有些冰涼。我停下腳步，轉頭對世充說道：「你有沒有感覺這牆壁有點怪？」

一回頭，我才發覺本來走在我後頭的世充不見了。

我往下看，以為世充在三樓廁所，喊了幾聲也不見回應，便對著卜心彤說：「等等，世充還沒上來。」

誰知道再轉回頭去，卜心彤也不見了。

我一下慌了手腳，掏出那把護身小刀提在臉的前面，大聲喊著：「卜心彤？翟世充！」但不管我怎麼喊，都沒有任何回應。依照好萊塢求生法則，此時最忌諱就是停留在原地。依照慣例應該往守護神卜小姐那裡去。但先前聽她說，樓上是比較詭異凶狠的，這時我又卻步了，如果往下去找世充，說不定才是比較好的選擇。就在我猶豫不決的時候，我突然發現了一件不太對勁的事，於是我又開口喊了兩聲。

「卜心彤！翟世充！」

等了兩秒，我確定這件事詭異的地方在哪裡了。

在這樓梯喊聲，理當要有回音才對。

但是沒有。

我深呼吸一口，捏緊了手裡的護身小刀，決定轉身向上。無論如何，還是卜心彤那邊比較妥當。我跨上兩階，恰好到樓梯轉折處，此時，第二件詭異的事情出現了。我的右手，摸不到牆。

前面有鬼，後面有……還是鬼

此時我已經不是剛出道的小伙子了，怎麼說也有過一次經驗，我知道自己不能慌，尤其不要突然轉頭，免得一張臉直直盯著我，不嚇尿也被鬼抽了魂。我將左手的護身刀移到右手，隨便比劃了兩下，確定已經清空了一些位置，才慢慢轉過頭去，感覺脖子僵硬得都發出「喀喀」一聲。

右邊本來應該白色的牆，此時一團黑霧一樣，我揮舞一下手上的小刀，什麼也沒有。但我前方還是有牆的，就是樓梯轉角的小平台，我一步跨了上去，背靠著牆喘氣。這個時候我聽見了腳步聲從上面傳來，我的前面是卜心彤，這腳步聲理當是她的，但我聽著總覺得不對勁。

沉。

太沉了，這腳步聲完全不像卜心彤這種身材的人會踩出來的，我收起肚子，緊緊貼著牆，頭也不敢動，只能眼睛餘光死命往上飄，想看看到底什麼玩意兒從上面下來。

腳步聲戛然而止。

有沒有過一種經驗，整個教室的人都在說話，突然一秒鐘大家同時安靜？

我就是這個感覺，但這時候沒有一堆人，只有我自己。

那像空襲一樣衝來的靜默讓我渾身忍不住地顫抖，我才知道之前看電影，都對恐怖片的女主角每次驚慌失措大喊感到可笑。真正發生在自己身上，忍住那想叫的恐懼，是需要多麼大的忍耐度。我真的很想叫，想叫卜心彤，想問世充在哪裡，但我又怕我一出聲，那詭異的物事就往我這邊靠攏。卜心彤可是說過，這裡的「那個」是成堆成堆的。

大概過了有一個小時那麼長，實際上可能只有幾分鐘，我確定沒有人下來，稍微放鬆了些，肚子瘦得要命，一直縮小腹很折磨人。摸著轉角小平台的牆，我正準備上樓，背靠著牆像毛毛蟲一樣蠕動過去，我好像看見了兩個圓圓的光。

仔細一瞧。

一坨黑色的東西。看起來像人，身形巨大，差點要比楚大胖還要大隻，雙手搭在樓梯，手腳在地，爬一樣下來。那圓圓的光，恰好是那東西的眼球。

我冷汗直冒，覺得自己真的倒楣透了，怎麼每次好好工作賣房子，都會遇到這樣的事情？右手的小刀，用最緩慢的速度往前伸，在那東西的前面晃兩下。

「我警告你，別動啊！你要是亂來，我可控制不住我手裡的刀。」我心裡想著，腳在抖著，膀胱有抽筋的感覺。過了好一會兒，那東西還真的停在那裡，我本來以為依照劇本，我閉上眼睛再睜開，祂就會消失無蹤的。但我眨了好幾次眼，祂就杵在那裡，動也不動，像個蠟像。

我想緩步後退，看來往上的路靠不住，我最好還是往下，找個機會先出這個屋子，其他的再說了。不知道這詭異的情況，世充跟卜心彤遇見沒有。

就在我後腳微微往後墊了一步，一直被我眼神鎖定的那東西突然揚起頭，嘴巴張得大大的，差不多裂到耳朵那麼大。我耳朵好像聽見「唧」的一聲，那尖銳的高頻聲浪，我忍不住閉上眼，這聲音太難受，想吐。

睜開眼，那東西往我這邊撲來，我看清楚了。是個男的，而且臉是青色的，爬滿了蛆。

下巴旁邊一小塊臉好像爛掉一樣，還掉著肉沫。我也不明白為何祂往我身上跳的這個動作我可以看見那麼多，那一瞬間我有種「不想努力了」的感覺。來吧，就這樣吧，反正我也沒惹你，只是來賣個房子，你要對付我就來，都來！

我閉上眼，突然左手被人一拉，睜開眼睛看見兩個亮晃晃的東西從我眼前飛過去，我回頭，看見世充額頭上都是血，拉著我的手。此時我也不管我後面那個龐大的東西，跟著世充拔腿就往下跑。才跑了幾階，就聽見後面傳來一種低吼的「隆隆」聲，我忍不住回過頭，哪有什麼大塊頭，就是原本的樓梯而已。

世充突然停下來，我撞上他的背，「怎麼停下來了？」

問完，我探頭一看。

眼前有一隻腳，距離我跟世充只有十公分的距離。

我不敢抬頭，大喊一聲：「現在怎麼辦？」

「你的護身小刀呢？」世充問道。

我一抬左手，馬上把那小刀扔過去。在我的預想之中，那吊著一隻腳的應該被刀子砸中，會淒厲地一聲慘叫，然後消失無蹤才對。然而，沒有。

腳還在那邊晃著。

我問世充，現在應該怎麼辦。世充回過頭「幹」了我一聲，誰知道怎麼辦，你除了會問怎麼辦之外，還有什麼功能沒有？

被削了一頓我也沒有力氣反駁，此時前面有大胖哥，後面有吊肉粽、缺了一隻腳的女鬼，真的讓人萬念俱灰。上次蘭姨的屋子還沒有這麼誇張，此時我反而覺得只是手擺動幅度大了一點，身材高了一點，眼神銳利了一點的陰兵，簡直就是善良老百姓。

我撇過頭，看著本來應該是牆壁，現在變成一團黑霧的地方，決定賭一把，我跟世充說，往旁邊去。世充轉頭看了一眼，重重吐了一口氣。然後拉著我，就往那黑霧裡頭一跳。

那個怪物來了

下墜。

我感覺自己正在下墜。

然後，我確實在下墜，我們兩個從樓梯上往下跌，世充哼了一聲，好像腳扭了，我一轉頭，發覺我們人在主臥室門口，門還開著，裡頭燈沒關。我一拉世充往裡面去，「砰」的一聲把門關上，背靠著門。

氣順了以後，我看著世充，「你的頭怎麼了？」

他伸手用手背擦了擦頭上的血，說道：「剛才跟著你們走出這裡，摸著牆摸著摸著，突然牆壁動了，轉了一下，我就跌進去，發現自己在一個房間裡面，那時候跌在地上，頭敲了一下，沒怎麼在意，誰知道流了那麼多血。」

「房間？」

「沒錯，一間房間，站直頭都快碰到天花板，裡面有一股腐敗的惡臭，非常臭，地上有一坨像爛掉的棉被一樣的東西，光線很暗，角落開了一盞傳統鎢絲燈泡，還有一張書桌，我只看到這些，接著我就回頭，但找不到出去的路，翻了半天終於找到一處暗門，是要往上推的，總之很奇怪的設計，我一出來就發現你前面一個怪物，東西一扔我就拉著你跑，後面的你就都知道了。」

「你說的，會不會是那個『裡屋』？」

「說不定，感覺這裡充滿了詭異，等卜小姐回來，我覺得我們得先撤。」

我們坐著休息了好一下，靠著主臥室的門，世充一直坐得不大安穩，動來動去。我問他怎麼了，也沒多說，就說背後熱。我把他扳過去一看，背後衣服破了一個洞，背上好像被燒傷了一樣，起了大水泡。我一看這樣不行，但現在也沒有消毒過的針可以戳破那水泡，我在主臥室找了一下，找到一根迴紋針，將它掰直了以後，拿世充包裡的打火機烤了一下。「忍耐。」說完，我一把刺進去。

世充悶哼了一聲，好歹是個漢子，沒有大叫。水泡流出來的液體臭不可聞，我扶著他到浴室沖水，水一沖下去，他就發出舒服的呻吟聲。沒過多久，他就靠著門躺著，閉上了眼睛，我一緊張，搖了他兩下，他罵了我一聲三字經。還會罵人，代表沒事。我坐著發愣，覺得這個世界好像毀壞了，跟我所認知的完全不同，哪裡來那麼多稀奇古怪的事，偏偏還都給我碰到了。世充打呼聲傳來，這種狀態下還打呼，看來他是真的累得夠狠。也不知道現在卜心彤狀況如何，一樓客廳還有楚大胖呢，希望他們都安好，我這裡就晴天了。

也不知道休息了多久，背後的門發出砰砰的敲擊聲，我驚醒過來，發覺自己也昏了。世充還躺著，拍門的聲音愈來愈急，我擔心是那恐怖的物事，背緊緊抵著門，不敢放鬆。過了一會兒拍門聲停了，我全身都汗，喘了一口大氣鬆了下來。

「楊樹？」

門外傳來女生的聲音，是卜心彤。

我知道一些詭異的物事會模仿人類的聲音，尤其很多鬼故事告訴我們，不管在哪裡走著，有人喚你的名字，千萬莫要回頭。所以我完全不回應，摸了一把世充的額頭。血跡黏黏的，有些燙。

「楊樹，開門，是我。」

別來這套，我知道你是什麼，我不會開門的。

「楊樹你個白痴，開門，快點開門，不然曲屠香的錢馬上就要你賠給我。」

我一聽，怪了，還知道曲屠香。

這應該不是假的吧？

我深呼吸一口，把世充推到旁邊一些，拉開一點門縫。

門一下被推開，敲了我的頭一下，我一陣暈，卜心彤衝了進來，反手把門關上，還帶上鎖。

「不洗頭？」我說。

「問女生有沒有洗頭是很不禮貌的事。」她瞪了我一眼。

確認過眼神之後，是真的卜心彤。

「喂，你跑哪裡去了？」

卜心彤瞄了一眼世充，食指放在嘴唇上，要我安靜。

門外傳來之前聽過的沉重腳步聲，我猜應該是那個大塊頭。我瞬時緊張了起來，那大塊頭不好惹，還會像狩獵一樣等待，等到我鬆懈下來才發動攻擊。

卜心彤拿出一把黑色小刀，我一看，這不是剛剛被我扔出去，不管用的護身符嗎？她沒有說話，拿著小刀，從口袋裡掏出一個像是外用藥的圓形盒子，轉開，沾了一下裡面的透明藥膏，揮手讓我帶著世充退開一些。我拖拉著世充的腳，往電視那邊移了移。我一直等著撞門，但沒有。我是面對著門的，卜心彤則是六十度側身對著門，彎著腰，像準備著撲擊一樣。

接著，我看見了這輩子目前為止，最匪夷所思的一幕。
一隻手從門外探進來，直接穿透門。

內鬨？不對勁的卜小姐

青灰色的手，上面有爬動的蛆，以及一直掉下來的蛆的屍體。活的、死的蛆掉在卜心彤身上，她一點反應也沒有，我看得作嘔。突然間，她的手一劃，刀子從那手的手腕處劃過，「咻」的一下，手縮回門外去。
「咦？」
卜心彤疑惑了一聲，我趕忙湊上前去。
「剛才那是什麼？可以穿牆？」
「那就是我說的，這裡最難纏的東西。祂似乎打定主意這裡是祂的地盤，也沒趕走我們的打算，看起來是直接要趕盡殺絕了。」
趕盡殺絕？這麼暴力？
我抖了一下，問道：「你剛才那一下，沒處理掉祂嗎？」
卜心彤自己也覺得奇怪，說那膏狀物是「仙人淚」，必須要至少上百年的樹在雷雨天被雷擊之後，從冒煙的樹幹上取下的雨水。雖然沒有曲屠香貴重，但在台灣也愈來愈少。卜心彤說，從八〇年代台灣經濟起飛，地下鬼市就愈來愈少，接觸這些事物的傳承也愈來愈破碎中斷。上回蘭姨的事情，她就跑了一趟地下鬼市，但緣慳一面。

我是愈聽愈糊塗，什麼曲屠香、仙人淚，這些連谷歌都查找不到的東西，到底是哪裡變出來的？卜心彤要我別管，嘆了一口氣，說可能是那刀子不給力。我說，那刀子你不是說是護身符來著嗎？

卜心彤笑笑，說：「如果不這樣告訴你，你敢來嗎？心底沒有畏懼，就不擔心不可控制的事情，心裡愈是強大，妖魔鬼怪都不敢近身。」

我就問，那我心裡認為那是護身符，怎麼剛剛那個大胖哥還是衝著我來了？

卜心彤頓了一下，我正得意她說不出話來，沒想到她轉頭看著我。

「你說，祂之前衝著你來了？」

我說對啊，然後把剛才的事簡略地跟她說了。

「這不對勁。」

她說，事實上大胖哥是她刻意引過來的，不先處理祂，根本沒辦法把那隻腳還回去，把這件事情完結。那胖哥有很嚴重的地盤觀念，不會輕易主動衝向人才對。我說，會不會是因為我本來想上樓找你？

卜心彤敲了我一下，說道：「你怎麼這麼裝會，就不能待在原地就好了嗎？」

可是，依照好萊塢生存法則……

「好你個頭！」

我正準備抗議，腳突然被拉了一下，我低下頭看見一隻慘白的手，忍不住叫了出來。卜心彤也被我嚇了一跳。突然蹲了下來呈現短跑選手起跑的動作。

「楊樹……」

微弱的聲音傳來，拉著我的是世充。我鬆了一口氣，這麼一停一嚇，整個人都快爆炸了。「楊樹，你過來一下。」

我湊上前去，蹲在世充旁邊，順勢摸了摸他的頭，燙得很，應該是傷口發炎了。世充睜著眼睛，臉有些紅，應該是發燒的緣故。他手拉著我，卻直盯著卜心彤看，過了一下，開口說道：「卜小姐，我能問你一個問題嗎？」

卜心彤站起身子，耳朵先湊在門上聽了一下，然後點頭。

「為什麼你要把那個胖子引過來？剛才我們都散開的時候，你又做了什麼？」

我聽了之後，下意識往世充靠近了一些，看著卜心彤。

我仔細一想，頓時也發覺了一點不對勁。本來跟著她一起走出這裡，沒多久詭異的事情就發生了。回想上次在蘭姨那裡似乎也是這樣，卜心彤就等於詭異，這個聯想我之前完全沒有連結起來，只覺得恰好碰到事了，她能解決。萬一，萬一這些事情事實上不是她解決，而是她造成的呢？

卜心彤看著我們，好一下子沒說話。時間彷彿漫長，卻又短暫得可以。

「你懷疑我搞鬼？」她說。

「只是想請你解釋一下而已。畢竟我們都遇到了事情，狼狽得很，你看起來就像個局外人，渾身乾淨，連氣都不喘一下。我們現在處在一個房間裡，外面有那個凶狠的傢伙，看起來只有你能搞定，我得先確認你是自己人，否則，我跟楊樹不打算跟你待在一塊。」

卜心彤聽完，順了順自己的馬尾，接著將那把小刀扔在地上，用腳往我這邊踢了過來，面無表情說道：「這東西還可以稍微防身，你們留著。」

說完，她深呼吸了一口，打開門走了出去。

進去了

我沒有發表意見。

世充感覺有點累，但精神比剛才好多了，對於卜心彤逕自走出房間，我們沒有試圖留下她，也沒有跟著一起離開。

人心是很奇妙的，不知不覺我對卜心彤產生了強大的依賴，也許因為面對未知的膽怯，下意識會找團體中看起來強大的去依附，唯她馬首是瞻，尤其人生這短短二十多年，從來沒有面對過的事情，更是如此。現在回想，真的發覺自己接受度也太大了，難以解釋的諸多事件，我就這麼囫圇地認可、面對、理所當然。這中間絲毫沒有任何懷疑，這也太奇怪了點。

只是恰好按摩，就能遇見像卜心彤這種高人，這要說其中沒有詭異，我真不相信。世充要我別放在心上，或許是他高中畢業就因為家庭原因，到處飄蕩，對所有的事情都會先產生懷疑，但那也不代表卜心彤就一定有問題。這只是一個假設，在這種情況下，能夠活命的所有假設都得考慮進去。

我看著世充，瞬間覺得這個跟我同年的同學，比自己要成熟太多了。我拿起那把沒用的小刀，看了一下刀鋒，上面有黏黏一層白色像藥膏一樣的東西，想必就是卜心彤所說的仙人淚。此時也顧不上她說的究竟是真是假，我把小刀塞在世充手上，幫他握緊拳頭：「這東西放你這裡，你待著別動。」

「你要出去？」世充抬頭看著我，我有一種不好的預感，好像這眼神是在替我送別一樣。我甩甩腦袋，把這個不愉快的想法甩出去，跟他說：「她終究只有一個人，之前也確實幫了不少忙，不管她是不是有什麼奇怪的目的，這個時候我應該出去幫忙。你受傷了，先待在這裡，處理完了我回來找你。」

說完，我拍拍他的肩膀，站起身小心翼翼地拉開門，把頭探出去。

門外什麼也沒有，還是一樣的樓梯間，我看了看那個樓梯轉角的平台，一片乾淨，燈光明亮。我回頭跟世充比了一個大拇哥，深呼吸一口，走了出去，把門關上。才關上門，我就聽見裡頭傳來鎖門的聲音，馬的這個翟世充，說得一副正氣凜然義薄雲天，結果我才踏出門就把門給鎖了。

樓梯間明亮得有些過分，我覺得腳踝燙燙的，低下頭才發現這地板上放滿了白色蠟燭，大約三十公分一個，一路往樓梯上去。我趕緊縮腳，動作太大差一點把蠟燭給踢倒了。拉拉領口，我鼓起勇氣往上走，這時候我有些後悔，怎麼不乖乖在房裡等就好，硬要出來湊什麼熱鬧。人真的很奇妙，未知總是吸引人，就如同每回坐上雲霄飛車時，就後悔為何花錢上來折磨自己，但又對那種刺激以及興奮念念不忘。

我順著白蠟燭往上走，一路上什麼也沒有，一步一步，每走一步我就停下來幾秒鐘，確認左右沒有什麼詭異的事情。隱約可以聽見上頭傳來人的說話聲，悶悶的，聽不仔細，連是男聲還是女聲都分辨不出來。走到三樓，前面的房間門還半掩著，我探頭進去快速瞄了一眼，什麼都沒有，趕緊又出來。後面的小書房也一樣，我都懷疑這究竟是不是剛才同一個房子了，平靜得讓人害怕。

白色蠟燭到了這邊的樓梯轉角就沒了，我也停在轉角的小平台上，對著又重新出現的牆壁，小心謹慎地摸了摸。觸感詭異，但確實是牆壁沒錯。這裡已經沒有照明了，只剩下蠟燭的光線，因為我的動作搖曳著。我摸著牆，推了推，又上下左右蹭了一會兒，突然間一雙手抓著我的腳踝，我一驚，差點跌下樓梯。

「你在這裡做什麼？」卜心彤從牆壁最下沿，探出一顆頭看著我，詭異至極。

「你！」我瞪大了眼睛，牆壁底下竟然被拉開了一個洞。

「快回去！」她急切地說道：「不要把蠟燭弄熄了，快點回去！」

我全身一抖，轉過頭就想往下跑，這時候我感覺一股氣息從我背後、也就是樓上壓下來，那種極致的壓迫感讓我背骨幾乎都要折斷了一樣。扛不住這種壓力，我腿一拐，踢倒了一個白色的蠟燭。我低下頭，卜心彤還趴在那牆壁底下的縫看著我，然後看看蠟燭，又看看我。

「楊樹，你是白痴嗎？趴下！」

我聽見之後，一如往常地一個口令一個動作，立刻趴了下去。她抓著我的胳肢窩，一把就將我拉了進去，我幾乎是翻滾著進去牆的那一邊，卜心彤右手一收，牆壁就往下掉，沒發出聲音地關了起來。

惡臭。

像是有五百個破雞蛋在太陽下放了十天一樣的惡臭。

翻滾的過程我的上衣被蠟燭燒了一個洞，一滾進來我就蒙頭貼在一個軟綿綿的東西上，我心想壞了，這下子該不會摔到卜心彤身上，但那股惡臭又讓我覺得自己多心了。勉強歪著頭，發覺是一個幾乎要融化的、發黃的枕頭，黏黏膩膩的，我差點吐了出來。卜心彤坐起來，一邊喘氣一邊說道：「楊樹，你就不能做點好事？真的快被你氣死了。」

我無辜地看著她：「我……我就想來看看能不能幫忙。」

「你不要來就是幫忙了。」

這裡應該就是世充之前掉進來的那個「裡屋」沒錯了。靠近對面牆壁的天花板上，垂吊著一條電線，下方有一顆鎢絲燈泡，光線微弱。

我左右看了看，這裡像是有人生活過，扣掉剛剛被我甩開的惡臭枕頭，前方不遠處還有一坨貌似棉被的物件，靠最前邊的牆上有書桌，書桌上還有電腦螢幕。到處都是混亂的垃圾，背後這堵牆的左邊，感覺往後凹還有一個空間，得走過去看才知道。

這惡臭讓我懷疑卜心彤怎麼能夠在這裡待那麼久。我用衣領蓋著鼻子，艱苦地說道：「這裡究竟怎麼回事？」

卜心彤說，她大致有猜到一些事情，但確實如何得親自碰上那個大胖哥才能明白。這時候我才發現那棉被的前面，有一個香爐，上頭插著三炷香。香爐很小，不過巴掌大，上面插著粗粗的、好像整個手臂那麼長的香，感覺搖搖欲墜。也許因為裡頭太臭了，我竟然沒有聞到香的氣味。卜心彤說，那是「貢香」，本來想引一些其他的東西過來問問狀況，誰知道點了好一下子，沒有什麼東西敢靠過來，可能是這個大胖哥真的太凶猛了。

我說，知道祂太凶猛你還過來？卜心彤沒好氣地跟我說，要不是為了我頭上那隻腳，誰願意過來招惹這麼狂暴的靈體。她說，這大胖哥已經不是小萍那種怨靈了，靈體分成很多層次，不是進階的，是一開始就決定的。這胖哥已經是凶靈了，不只是怨氣，已經渾身上下都要致人於死。

「你沒問題吧？像上次一樣伸出拇指給祂來一下。」我說。

「不，這不是我能處理的，這次可能要糟。」

話才說完，我就聽見一陣「咧咧咧」的笑聲，這種驚嚇我不管幾百次還是無法適應，但就在下一秒，我的脖子被勒住了，即便我靠著背後的牆。強大的緊箍力量讓我立刻眼冒金星，脖子幾乎要被扭斷一樣。我用僅剩的一絲理智，眼睛餘光往下一瞧，只見一隻爬滿了蛆的手臂從側面伸出牆壁抓著我的脖子，只有一隻手。我拚命想掙扎，卻拉不開那隻手，腳不管怎麼踢都無法脫出。接下來我就什麼也看不見了，好像整個頭要被從脖子擠出去一樣。

我想卜心彤應該可以救我，但在我因為脹大的壓力不得不閉上眼睛之前，我看見卜心彤指著天，不知道在念著什麼，我心想這次真的完了，突然間我就被摔在地上，我咳了老半天，一邊滾一邊咳。滾是下意識的，我知道必須快點離開牆。

好不容易回過神，轉過頭去，發覺事情不妙。

那個大胖哥進來了。

生與死之間有大恐怖

卜心彤懸空著腳，被那胖哥一手抓著，但比我冷靜太多，至少我看她的腳沒有掙扎得太厲害。胖哥轉頭看著我，我才發現這胖哥只有一隻手抓著她，另外一隻手齊腕被切了一刀，看起來只剩下一層皮黏著。胖哥的眼睛慘綠，盯著我的時候，我都覺得自己像要被殺了一樣。卜心彤伸出兩隻手指頭不停在胖哥的手上戳啊戳，另外一隻手自然放在身側，對著我做出招手要我過去的動作。

我冷靜了一下，過去我是不敢，但我總得做點什麼才對。我環顧四周，發覺除了那坨爛棉被還有電腦螢幕，也沒什麼東西可以丟。我隨手拿了手邊的鼻枕頭扔過去，輕飄飄的扔不準，砸在了卜心彤臉上。

「抱歉抱歉。」

我可以感覺卜心彤的怒火，我立刻隨手再抓，什麼都往那邊扔，總算抓到了準頭，但胖哥不管怎麼砸，手還是緊緊攫著卜心彤，看著我並且慢慢地往我這邊過來。最後，我摸到了一個冰涼的東西，抬手就扔過去。卜心彤艱難地回頭看著我，好像說著什麼，但我也管不上了。

東西扔出去，我才發現是剛才在地上的那個香爐，以及那三炷「貢香」。東西砸在胖哥身上，竟然有了效果，卜心彤被扔在地上，大氣都喘不過來兩口，我趕緊衝上前去，拉著她的手往後退。胖哥抓著那貢香，整個「鬼」一動不動，我坐著拚命蹬腳往後退，一直退到書桌邊上。

那貢香在胖哥手上燒得巨快無比，卜心彤好一會兒才回過氣，退到我的旁邊瞪著我，說道：「你是白痴嗎？不是叫你趕快逃？」

我說，你手那邊招啊招，我以為你讓我過去救你。卜心彤重重吐了一口氣，無奈地看著我：「那也不能拿貢香丟祂啊，祂是凶靈，凶靈你還貢，貢死你了。」

貢香很快地燒完了，可能對「鬼」來說，貢香就是美食一樣的概念。吸完貢香，我覺得胖哥本來快斷掉的手，好像黏回去了一些。此時已經沒地方可以跑了，那胖哥離我們不到四步的距離，不知道踩到了什麼，停了下來。

我往地上一看，燈泡光線太弱看不分明，只覺得好像是紅色的線一樣的東西。胖哥似乎很憤怒，下一秒我就感覺自己耳朵快要聾了一樣，只見祂張開嘴，無聲的怒吼狀態，我聽見的卻是高頻「嗶」或者「嘰」的聲音。我頭一暈，差點就要往後倒，卜心彤一手扶著我的背，另外一隻手掏出一枚銅錢，就是傳說中的「孔方兄」，用力一彈，就扔在了胖哥的額頭上。

胖哥被這麼一扔，直接頭後仰、四腳朝天躺下，整個房子像要震動一樣，一動不動。我拉著卜心彤，就想繞過祂往外頭衝，誰知道卜心彤回拉了我一把，對我搖頭。

過了不知道多久，胖哥發出「嘿嘿嘿」的笑聲，慢慢爬了起來，眼睛盯著我們。「祂在狩獵。」她說。

胖哥趴在地上，綠綠的眼直勾勾看著我們，我全身都使不上力，只希望那紅線還能攔住祂一下。一般來說，只要撐到天亮，應該就沒事了吧？我低頭看看手錶，卻聽見卜心彤在我旁邊小聲說道：「沒用的，在這裡時間不是一個原本的概念，這傢伙應該是被困在生與死之間，我們闖了進來，也被困在這裡了。」

困在生與死之間？

卜心彤說，你聽過「生與死之間有大恐怖」嗎？雖然不完全是這個意思，但現在的狀況也相差無幾。簡單說，祂認為祂還活著，而我們闖入祂的地盤，事實上祂已經死了，死透了，心中充滿了凶惡之氣。

「怪了，這跟吊肉粽的那個女的有什麼關係？這裡這麼多凶靈聚集？」

一邊說著，卜心彤從包裡拿出一堆東西翻找，最後拿出一張白色的紙，嘴裡念念有詞，「啪」地一下貼在地上。說也奇怪，這紙張貼在地上，竟然往胖哥那邊「咻」地射過去。胖哥伸出爪子拍了一把，手爪燒了起來，我心中叫好，果然還是卜心彤有辦法。但那火不過燒了兩秒就熄滅了。

「啊？」卜心彤愣在當場。

「啊？」我跟著愣住。

就在這一秒，我聽見了詭異的聲音，在我耳邊。

「抓到了。」

我轉過頭，發現本來卜心彤的位置，變成了胖哥，我嚇了一跳，無意識地揮手砸過去，手卻被一把抓住，接著感覺到眉間稍微往上一些的地方，一陣熱熱的傳來，仔細一看，是卜心彤的拇指，抵著我的頭：「別看祂的眼睛。」

話才說完，那胖哥突然站起來，就要往我們這邊撲來，我大驚，一把抓著卜心彤把她拉近，也不管什麼男女授受不親，這一刻我只想先用我的身體擋住祂，接下來還能怎麼辦，就只能依靠卜心彤了。

「哇操，這什麼！」

閉上眼睛之前，我看見牆壁打開了。

祂是不是在哭？

「別進來！」卜心彤大喊。

楚自雄拉開牆壁，雖然光線昏暗，還是能看見他手裡亮晃晃的金戒指。

話才說完，楚哥一下子站起身，還沒反應過來，胖哥手往後一揮。我心想完了，這麼一下楚大胖可能連頭都要飛了，誰知道楚哥人胖反應倒是很快，一個蹲下，竟然閃過了胖哥的攻擊。我才要心中叫好，豈料胖哥手擺回來，還是讓楚哥中招。

「唉唷你娘咧。」楚哥倒地，兩胖對決不過三秒，胖哥大獲全勝。

卜心彤往前一彈，從地上撿起那紅線，騰空跳起，就往胖哥的脖子繞了幾圈，我看胖哥掙扎著，也趕緊衝過去一把拉住楚大胖的腳，死命地往回拖。楚大胖滿臉是血，三字經連發，我稍微鬆了一口氣。

「靠北，這到底什麼東西？怎麼在我房子裡？」楚大胖說道。

「咚」的一聲，卜心彤摔了回來，腳剛好踩在那噁心發爛的棉被上，滑了一下，頭撞在地板上。

「你沒事吧？」我趕緊把她扶起來，卜心彤搖頭，拉著我往後。

胖哥已經近在眼前，我情急之下，閉上眼睛揮出了一拳。

呼。

呼。

空蕩蕩的，我什麼也沒有碰到。

睜開眼，發現胖哥不見了。

在我眼前的是世充，雙手握著那把黑色小刀，一邊喘氣一邊看著我們。

世充靠過來，感覺全身虛脫一樣跪在我們旁邊，喘著道：「我給祂捅了一刀，然後就不見了。快，我們快跑。」

楚大胖幾乎同時起身往牆那邊衝去，這個以前在江湖打滾過的果然不同，做事當機立斷。才剛拉開一個小縫，就看見他連滾帶爬回來：「你娘咧，在外面。」

世充站起來，敲了敲書桌前的牆壁，發覺這原本的窗子早已被混凝土封死了，轉過身對我們搖搖頭。

「來不及了。」

胖哥又來了，這次倒沒有了那個恐怖的表情，杵在那裡看著我們。卜心彤要我別看祂的眼睛，但我就是忍不住。我發覺，這胖哥的神情有些悲傷。這是很奇妙的感受，明明祂的臉怎麼也說不上有「表情」這件事，青綠一片，臉頰還爛了，碎肉在那裡搖搖欲墜，說有多噁心就有多噁心。

但是悲傷。

卜心彤站了起來，低下頭看了我們一眼。

「等一下如果不妙，記得先跑。」

話才說完，楚大胖就起身要跑，被世充拉了回去：「不是現在。」

世充伸長了手，要把小刀遞給卜心彤，但她搖頭。

隨後她掏出了一根細細的東西，我一瞧，很眼熟啊，好像是蘭姨那次，她讓我拿著的那根筷子。卜心彤把那筷子遞給我，我收了過來，只聽她說道：「楊樹，時間不夠了，你仔細聽我說。等會兒如果我搞不定，你拿著這個帶他們衝出去，記得，不要回頭。能走一個是一個，然後趕緊走。我工作室櫃子裡面，有上次冠絕強國那裡收來的往生石，你找一天接近中午的時候回來，把那塊石頭扔進來，然後再也不要進來這裡。聽清楚了沒有？」

「你要幹麼？怎麼像交代後事一樣？」

「你就說聽清楚了沒有！」

不要回頭，衝出去，櫃子裡面，往生石，中午，扔進來，不要再回來。

我聽清楚了。我說。

卜心彤點點頭，往胖哥那裡站了一步。

「天三門兮地四戶，此法問君不足畏。三為生氣五為死，甲子直符愁向東……」

她嘴裡念著，接著，把頭上的馬尾給放了下來。

突然間我覺得她的頭髮挺漂亮的，放下來之後蓋著她的臉，輪廓黑洞洞的看不清，我捏緊那根筷子，上身微微俯下，做出準備衝刺的樣子。世充拉著我的手，楚大胖抓著我另外一隻手，蓄勢待發。

「天上地下，唯我獨尊。」

卜心彤說完這句，頭髮突然像靜電球一樣散開，好像孔雀開屏一樣。

我看見她的臉，嚴肅，眼神又銳利到像極了戰場上的將軍。

「準備。」世充說道。

我努力平復自己的呼吸，就在這一刻，我全身像觸電一樣。

不對，完全不對，我們好像忽略了什麼事。

世充抓著我，就準備要前衝，我拉了一下，對他搖頭。世充一臉狐疑地看著我，楚大胖「幹」了一聲，三個人卡在原地。

不對。

「卜心彤，那個袋子。那個裝著腳的袋子。」

我大喊，然後轉頭看著胖哥。

我知道哪裡不對了，如果我猜測得沒錯的話。

「楊樹。」世充說道：「你看那個胖哥……」

祂，是不是在哭啊？

猜拳輸的留下來

還來不及細看，卜心彤已經衝了過去，胖哥毫無反應，雙手大張。由於祂體型實在太過於龐大，雙手再這麼一張，活脫脫就是一隻巨型蜘蛛一樣。

「南無阿彌多婆夜，哆他伽多夜，哆地夜他，阿彌利都婆毗……」

卜心彤念著，胖哥開始嘶吼。

我把筷子隨手扔給世充，衝到前面，打開被卜心彤擱在地上的包包，從裡面拿出那個本來裝著上吊女鬼的「腳」的袋子。我站起來，把袋子高高舉起。袋子不停地蠕動掙扎，但我不管不顧，就這麼舉著，如同扛起火把的巨人神一樣。

卜心彤伸出拇指，往胖哥頭上一按。

還沒貼上胖哥的頭，卜心彤突然一個踉蹌，胖哥跪了下來。

這關鍵時刻沒「嘟」到祂的額頭，卜心彤「啊」了一聲。

這一踉蹌，卜心彤往前仆倒，我快速衝過去，順手把那個袋子扔到胖哥的身上，不過三步的距離，我一把抄起卜心彤的腰，退回原地。

一聲淒厲的尖叫聲。

我忍不住摀著耳朵，這聲音太過恐怖，楚大胖倒在地上嘴巴張得大大的，世充緊閉著眼睛癱倒在地。我伸出手，將卜心彤的兩隻耳朵摀住，自己也跟著吼叫，唯有自己也發出聲音，才能承受這種程度的尖叫。不知道過了多久，我看見卜心彤嘴巴在動，但一點聲音也沒有。我「蛤」了半天，自己的聲音卻像在水底一樣，悶悶的，呼嚕嚕的。過了一下我才終於聽見聲音，她正張著嘴，對我吼著：「走啊！」

我搖頭晃腦，楚大胖已經拖著世充拉開牆底鑽出去了，我半匍匐半爬行，經過胖哥的旁邊，祂跪在地上頭靠著地，手裡捧著那個袋子。卜心彤推了我一把，我趕緊用翻滾的方式滾出去，卜心彤在地上一滑，像個滑板一樣滑出來，楚大胖手一鬆，牆壁掉了下來。最後是怎麼到二樓主臥室的，我已經沒有印象了，就是跑。下樓衝刺很吃技術，世充因為腳先前扭了，幾乎是楚大胖半抱著下樓。

躲到主臥室關上門，我們喘氣不休，卜心彤癱坐在地上，不發一語。這個時候她的馬尾已經重新繫上，世充因為傷勢，在地上閉著雙眼。楚大胖在旁邊一邊罵著，但我看了他的手，抖得很。

總算是逃出來了，我們好像經歷了一場大雨一樣，大家渾身都濕透了。我見卜心彤沉默不語，屁股挪了挪到她旁邊：「沒事吧？」

她重重吐了一口氣，說道：「謝謝。」

大家休整了好一下子，楚大胖仍舊不罷休，罵罵咧咧地問我們到底是怎麼回事。世充把那筷子還給卜心彤之後，簡單跟他說明了一下。我說，這大胖哥實在太凶殘，這事情如果沒解決，這房子肯定沒辦法賣。楚大胖靠過去卜心彤那裡，巴結地說道：「卜小姐一看就知道是高人，我太沒見過世面，別見怪呵。至於這件事……卜小姐看要怎麼處理？」

卜心彤看了我一眼，不知道什麼意味，然後對著楚大胖說，這件事確實麻煩得很，她事實上也沒有好辦法。所幸楊樹在關鍵時候拿出了那個袋子，看來那胖鬼對那個上吊的女孩很重視。說到這裡，她轉頭看向我：「你怎麼知道那袋子對胖鬼有用的？」

我聳肩：「我也不是很確定，但總覺得進來之後，我們都搞錯了一件事。最根本上，我們是為了把那隻腳送回來而已，上次我們過來也沒發生那麼多事，兩次最大的差別除了這次人多了幾個，最重要的，恐怕就是那隻腳。我只想到這個，其他就不知道了。」

楚大胖罵道：「送什麼腳回來？你們不是過來看房嗎？」

世充制止楚大胖，說道：「那夾層『裡屋』到底是怎麼回事，我想才是這件事的關鍵。想不通我們就提出幾個可能，從裡面找原因。至於出去……」

世充看了一眼楚大胖：「我剛才先下樓找了楚哥，發現門打不開，我們基本上是被困在這裡了，這件事情如果不解決，我猜我們是出不去的。」

世充說，他先下樓去找楚大胖，發覺他在椅子上睡死了，而門完全打不開，窗戶也像被封死了一般，他不敢隨便亂砸，怕驚動了那個恐怖的胖哥。我看卜心彤不知道在琢磨什麼，便跟世充兩人研究這件事的起因。那胖哥可能是被上吊女鬼吸引來的，或者上吊女鬼害了祂的性命，甚至祂們兩個生前是一對情侶。種種猜測，都抓不得準，我們有點氣餒，加上楚大胖在房間點菸，空氣更糟。但這是他的屋子，我們也不好批評什麼。

「我知道是怎麼回事。」

突然，卜心彤說道。

卜心彤看著我，問我是不是對上次她處置小萍有意見。我趕忙搖頭，怎麼敢說有意見，只是覺得她很可憐。卜心彤說，她已經用她所知道最溫和的方法解決小萍，不同於這次。她說，你知道在最後關頭，你丟出那個袋子之前，我已經打算跟祂同歸於盡了嗎？

我一聽嚇了一跳，這事情至於到這個程度？

卜心彤說，最後她念了往生咒，但是對祂沒用。真的無計可施之下，卜心彤決定將自己修行多年的福報放掉，連自己也一起渡了，如果真的讓她拇指印上胖哥額頭，最後我們能走出幾個她不清楚，但她自己肯定是沒機會走了。

我看著卜心彤，心裡覺得難受。隱隱約約在主臥室的黃光之下，看見她好像多了不少白髮。「生死之間有大恐怖，果然如此。你們休息一下，我打算等等去找那個胖鬼。」她說。

「還找祂？」我大驚。

「別擔心，最後的時候，我能感覺到祂已經沒那麼暴戾，這時候最好的方法，就是知道祂到底要的是什麼，如果祂真的要我們的命……」

她環視一周，楚大胖趕緊低下頭。

「如果這樣，那我們就猜拳吧，輸的留下來。」

去你媽的！楚大胖大叫一聲。

卜心彤促狹地笑了一下：「開玩笑的。」

胖哥的眼淚

樓梯的燈都暗了，楚大胖開開關關了好久，燈都沒亮。世充拿出手機，發覺不只他的，全部人的手機都死當。楚大胖拿出車鑰匙，上面有一個小小的手電筒，我們靠著這個微弱光線緩步上樓。本來要世充在主臥室休息，但他說什麼也不肯。也是，換作是我，現在也不大敢一個人待著。

走回那個『裡屋』，卜心彤蹲下去把牆拉開，我們依照順序進去。那股撲鼻惡臭還是一樣，即便我們方才在裡面待了許久，仍舊無法忍受。卜心彤一進去就不見人影，我嚇了一跳，小聲地叫喚她的名字。

世充推了我一下，要我往左看，左邊有一個向後凹的小地方，我往那邊走去。才走過去就聽見楚大胖「嘔」的一聲開始吐了，我強自振作精神，讓自己目光不要離開。那是一個跪著的身體，如同剛才我們離開之前胖哥的模樣。跪著，頭頂地板。軀體已經爛得可以，地板上都是蛆的屍體，還有幾隻蒼蠅在飛。以這個身體為中心，地上有一大灘明顯的汙漬，世充說，那是屍水，不要碰。

我沒看過死人，也不知道死人究竟是什麼模樣，但我寧可自己一輩子不要看見。卜心彤站得離屍體很近，腳尖幾乎要踩著屍水的邊緣，左手開始飛快地按著六壬指法，嘴裡喃喃自語。我們離得較遠，只覺得突然一陣陰涼，沒來由的。這次卜心彤念得很小聲，近乎喃

喃自語，不知道過了多久，我發覺好像有一道影子在卜心彤身前，但卻什麼也沒看見。

「讓她走吧。」卜心彤沒頭沒腦地說了一句。

那影子開始搖晃，卜心彤抬起頭，伸出右手，好像摸頭一樣的動作：「讓她走吧，即使不讓她走，她也不會看你一眼的。她是沒有機會了，但你好好積德，好好等著，說不定還有投胎的機會。讓她走吧！」

說完，感覺好像一陣風一樣，我的頭髮都被吹起來了一些。裡屋像是被誰拿榔頭搥了一下，開始莫名地震動。卜心彤眉頭一皺：「嗯？」只見到那白霧般的胖哥影子，突然間張牙舞爪、漸漸凝實，空氣中充滿了憤怒的感覺，我跟世充往後退了兩步，回頭一看，楚大胖已經把手放在地上，隨時準備拉開門逃離。我腦中回憶著之前離開這裡時，卜心彤跟我說的，我在心裡默念了幾句，我到時候一定回來把往生石扔進來，我發誓。

卜心彤手摸著胖哥的頭的動作沒停，那種無聲的尖叫音頻讓我們幾乎都要吐了。等到我們回過神來，也不知道是因為那胖哥的音頻還是空間裡的氣氛，我摸摸自己的臉，癢癢的，上面有水。好像是淚水。

卜心彤轉身在房間找了一圈，最後找出那個香爐，拿出三炷貢香插上。

貢香煙霧緩緩上升，到了差不多人的胸口高度，戛然而止。這裡屋的高度很低，模模糊糊可以看見一個高大的影子低著頭，煙霧就在那裡消失。慢慢地，那個胖哥的樣子愈來愈清楚，此時祂的樣貌不再那樣嚇人，唯獨臉上靠近下巴那爛掉的部分還在。卜心彤彷彿摸著祂的頭，突然一陣悲傷的情緒如同冬天的溫泉一樣覆蓋在我身上。這感覺很奇妙，我跟那個胖哥「共感」了。

我轉過頭看著其他人，世充微微低著頭，也是一臉難過的樣子，楚大胖則是張大了嘴。我猜，他們與我一樣，也跟胖哥共感這裡的悲傷。背後傳來光線，我轉頭一看，電腦螢幕亮了起來，楚大胖立刻走了過去，把衣服袖子拉長到遮蓋他的肥短手指，移動滑鼠看著。

好像感覺胖哥重新在這個空間活回來一樣，有著飄渺的影子在此處來回，一下子坐在書桌前面使用電腦，一下子好像湊在牆壁聽著外面的聲音，或者靜靜地坐在棉被旁邊發呆。

除了這些，我是聽不見任何聲音的，連這些影子也是模糊不已。我大概能猜到，胖哥可能是想跟我們講述這一切的經過，祂孤單了太久，想找人說說話。悲傷撲面，但我必須老實說，我的背還是有些發涼，畢竟胖哥跟我們不是一個世界的存在，只要想到之前祂那駭人的模樣，如同身歷其境的恐怖片一樣，眼睛可以睜開都是我的心理強度遠超常人了。

貢香幾乎要燒完的時候，電腦螢幕暗了下來，楚大胖一抖，搖搖晃晃走回我旁邊，小聲說道：「都是網路聊天的內容啊，這傢伙也太單調了，整天整天地跟人聊天。」

卜心彤還維持著那個摸頭的樣子，雖然胖哥的影子接近透明，我還能看見祂臉上似乎有眼淚。

胖哥好像很艱難地伸出一隻手指，指著上面，卜心彤點頭。

同時，她讓我們先離開房間，嘴裡開始念著經文。

「諸菩薩摩訶薩，應如是降伏其，所有一切眾生之類……」

離開之前，我能聽見低低的，悲傷到極點的，被強忍住的哭泣聲。

那種悶悶的哼哭聲，真的要忍過哭的人才會懂。

一開始就錯了的故事

我們三個在門外等了許久，牆壁才被拉開，卜心彤拍了拍肩膀的頭皮屑一樣，說道：

「搞定。」

「那傢伙投胎去了？」楚大胖問道。

卜心彤搖頭。

「那還會再出來嗎？」

「不一定，但不會針對我們了。主要，得讓祂放過上面那個。」

卜心彤指了指上面。

雖然剛才所有人好像在一瞬間被胖哥共感了一些事情，但更多的狀況，還是要靠唯一能跟胖哥溝通的卜心彤才能補完所有事情。卜心彤解釋他們溝通的事情，以及楚大胖看電腦螢幕拼湊出來的線索，一切才終於豁然開朗。

胖哥是個可憐人，但是以現實而言，某種程度上祂也算是恐怖情人那個類型的傢伙。這一切都導因於謊言、網路，以及無法坦誠面對自己的人生。

胖哥本來是這間房子的租客，因為地段偏僻，所以租金並不高。偶然在網路聊天認識了一個女子，聊著聊著胖哥就開始胡謅自己的身分，盜用網路圖片想博取芳心，這部分當然不好，但女子說自己被房東趕出來沒地方住，想借住胖哥的地方，胖哥就慌了，假裝自己身在國外，不是很方便。

女子因此消失了一陣子，胖哥很擔心。

後來再次網上相遇，女子不停拜託這個在網路上遇見，看來生活很有餘裕的胖哥，不停說著：「只要有個地方可以暫住就好。」

心軟、禁不起女子的哀求，胖哥最終還是讓女子入住。胖哥將主臥室讓了出來，自己躲在那「裡屋」裡頭，過著影子一樣的生活。由始至終，女子都沒發現自己是有室友的，跟胖哥共處一室。說到這裡，楚大胖忍不住說，這也太難了吧，像個寄生蟲一樣活著，誰能辦到？

我默然。很多時候，我們不也像寄生蟲一樣存在這個社會上嗎？但我沒有說出口。

胖哥只能趁著女子出門或者睡覺的時候偷偷出來覓食，或者洗澡。久而久之，沒有出門工作的胖哥，終於付不出房租，但又不敢跟女子老實說，很怕毀掉自己在網路上的形象。就某種程度而言，胖哥在同意讓那個女生入住的同時，其實就已經死掉了。

活在一個虛擬的世界當中，也把自己活成了假的。

最終胖哥因為身體的緣故，或者餓死，或者生病，總之不是自殺。就這樣孤單地在那個「裡屋」當中死去。

因為心裡對這個網路上認識的女子還有愛戀，房東來催促了幾次，胖哥會出來嚇跑房東，但同時也嚇壞了那個女子。最終，因為一些原因，女子生活也不如意，加上受到胖哥不肯離去的死氣影響，女子選擇上吊自殺，就在頂樓的樓梯那裡。

我們看著女子上吊的地方，楚大胖哼了一聲，說這個地方上吊，腳隨便一勾就能碰到樓梯，這樣也能死？

卜心彤回頭瞪了楚大胖一眼，他趕緊打自己嘴巴。

我猜，或者這個女生是真的生活有問題吧。卜心彤後來說，腳可以搆著地板，卻還是上吊自殺的，代表死意很堅決，一般來說都很不好處理。也就因為如此，才會被我碰見了。不知道是幸運還是不幸，因為胖哥的怨氣更大，所以這女子的怨氣反而小了，或者說，她可以感覺到被在乎，只是不知道在乎的源頭是誰。

楚大胖說，他也只看了一下電腦上的對話，可以看見最後胖哥收到的訊息，都是有人在問祂：「到底怎麼了？」「一切還好嗎？」「我真的很擔心你。」

然後就是：「房東來收房租了，我先拿錢出來。」「你到底在哪裡？」「能不能回我一句話，只要一句話就好。」

只要一句話就好，楚大胖說，這是對話的最後一句。可能那個時候，這裡的胖哥已經走了吧。

每個人或者都可能面臨自己的地獄，對她來說，網路上那個假的花美男胖哥是她最後的浮萍，載浮載沉的時候可以抓著。但當胖哥消失了以後，她的生活陷入困頓，連這裡也沒得住，所以才萬念俱灰。滯留在此處的胖哥看見這女生自殺，自己卻沒辦法阻止，心裡一定難過得要命。

如果最一開始，胖哥沒有隱藏自己，做出這麼愚蠢的決定，這事情的結局會不會有什麼不同呢？我也不知道。但我想起最後胖哥那個流淚難過的表情，心底就酸酸的。胖哥有看見，這個女孩最後只想聽祂說一句話嗎？哪怕只是一個問候都好。

我猜胖哥看見了，所以才會在這裡待著，在這裡守著。

我問卜心彤，祂們兩個死後都在這裡，應該有碰到吧？應該有一起生活吧？

卜心彤搖頭，至於為什麼兩個沒有生命的靈體在同一個空間卻沒有相遇，這個時候的我是不理解的。之後發生了一些事，才明白原來我們所認定的生命、靈體、能量以及空間，都不是我們所接收的知識可以解釋的。

總之，一直到人生的最後，這兩個可憐人，或者因為自己的選擇，或者因為生活的難處，被這個世界登出了。一直到被登出前，甚至是登出之後，兩人始終沒有見上一面。甚至，連一句真正的對話都沒有，只有無盡空虛的文字堆疊。

「南無阿彌多婆夜。哆他伽多夜。哆地夜他。阿彌利都婆毗。阿彌利哆。悉耽婆毗。阿彌利哆。毗迦蘭諦……」

卜心彤念起往生咒，我後腦突然有點熱熱的，卜心彤伸手過來，彷彿在我腦袋上掏了一下，熱熱的感覺才消失。我們跟著雙手合十，默默聽著卜心彤的聲音。

不知道時間過去多久，我好像看見一個女孩飄在空中，對著卜心彤，或者說對著我們鞠躬，然後離去。後來我問卜心彤，這樣自殺的女子，能有再次投胎的機會嗎？卜心彤沒有正面回答我，只跟我說，一般來說自殺的人非得在那個地方不斷重複事情發生的經過，也就是說，必須不斷重複那種痛苦。

而這個女子，卜心彤猜測，她應該是知道了什麼，或者是知道那個網路上的長腿叔叔、也就是胖哥，已經死去了，或者是真的覺得自己生無可戀，送她一程的時候，明顯沒有感覺到什麼怨氣，也沒有什麼折磨的痛苦。

「或許，那個胖鬼幫她承受了太多了吧。」她說。

對於祂們來說，這個世界就是地獄，或者也應該替祂們開心吧。

後續

這件事就這樣結束。

我們離開之前，卜心彤在客廳看了一下，然後把貢香燒完的香灰撒了一點點在地上，當然，沒有讓屋主也就是楚大胖看到。把世充送去醫院治療背上的傷口，卜心彤說，這是因為世充攻擊那個胖哥，帶來巨大的反噬以及反擊，所以差點丟了命。那個傷口是卜心彤之前沾了曲屠香灰的地方，曲屠香灰保護了他，但由於狀況太激烈所以導致這樣的結果。至少，還是保住了世充的命。

因為屋子裡有屍體，楚大胖本來想靠自己的社會關係處理掉，但卜心彤堅決要他報警處理。由於事發在前一手、甚至是前前一手屋主的時候，楚大胖基本上沒有被為難，只是要讓他跟警方打交道做筆錄，他的臉臭得跟那間裡屋沒什麼兩樣，我們其他人作為仲介以及友人，倒是僅作證而已。

摸摸後腦，還是有些熱。卜心彤說，那消失的腳，最後又在我腦袋出現，看來我腦袋確實很欠踢。我大驚失色，連忙追問卜心彤能否幫我處理，只見她摀著嘴巴偷笑，也不管我焦急得像拉肚子在廁所門口排隊一樣。

這房子楚大胖又花了一筆錢，找人把隔間裡面清理乾淨，找來的整理人員很專業，幾乎一天的時間就清潔溜溜，臨走的時候給了我一張名片，上面只有三個字，盧拉拉。「以後有需要我的地方，隨時跟我說。」我抓抓頭，難道我就一直要當這類型的房屋仲介嗎？後來楚大胖請了法師來作法。沒有請卜心彤的原因，是卜心彤再次強調，她不是法師。

拆掉整個裡屋之後，我感覺這房子空氣突然流通了，那種沉重的壓抑感也消失。裝潢了兩個月，本來有些低矮的三樓，空間恢復了正常。很奇怪的是，處理這些事情大張旗鼓，加上有警察介入，本來以為隔壁那個神神祕祕的阿姨會出來大吼大叫，但從頭到尾，阿姨都沒有特別突出的表演，我還有些失望。

這屋子最後竟然有不少組客人來看，最誇張的時候還同時有三組人出價，最後成交的價格甚至比楚大胖的買價還高了不少。唯獨偶然幾次在晚上帶客看房的時候，我還是隱約會有一種被注視著的感覺。

成交之後，隔壁的阿姨又冒出一顆頭看著我。我過去跟她打招呼，也謝謝她之後沒有特別熱心跟我的客人多說什麼，我自己是老實告知所有買方這屋子曾經出過事，最後的買方也是知道這件事的，但透過鄰居嚷嚷，那感覺就更不好了。

我跟阿姨道謝，她第一次走出她的門，拍拍我的肩膀：「年輕人很努力，很好。」然後看著我的身後。

「你也是。」

我嚇得落荒而逃。

事情還沒有結束

這件事情過去之後，我感覺全身的力氣都被抽乾了。世充賴在我的套房住著，我看他也是病懨懨的模樣，就沒有趕人。那兩顆被他拿來扔胖哥的鐵球，楚大胖倒算有良心，拿回來給世充。偶爾我下班回來，會看見世充拿著那個「太歲肉」發愣。我們倆都沒對胖哥這件事多討論什麼，只是經常我在晚上睡夢間，總可以感覺自己好像變成了胖哥，窩在那個小小的裡屋，承受著無與倫比的孤單。

有一件小事倒是可以說說，有幾次我半夜睡不安穩，總覺得有人躺上我的床，雖然我這是獨立筒的床，但還是可以感覺到有人從我旁邊躺下那種下沉感。我多半因為疲勞沒有管，但有一次我剛好尿急，睜開眼睛，才發現我身旁沒人。而透過下方的小夜燈，我似乎看見世充躺在沙發上，側著頭眼睛睜得大大地盯著我看。

但我再仔細一看，發覺是錯覺，世充正睡得跟豬一樣。而我們，一次都沒有再提到那次在裡屋的主臥室裡，對卜心彤質疑的一切。

我偶爾會想，為什麼我會對這些事情那麼理所當然？是否自己潛意識裡一直很想過著不一樣的人生，充當一下故事書裡面的主角？我也不明白，但世充卻說，如果我是主角，那這本書肯定沒人要看。

楚大胖似乎因為上次那房子投資成功，竟然開始興起了找凶宅來投資的念頭，拚命要我替他找這樣的物件。為了生活，我倒是認真地替他找了幾個凶宅，或者應該說有「不自然死亡事件」的房子，畢竟這兩次的仲介費，我還沒辦法賠欠卜心彤的曲屠香的錢。

事情就這樣，世充跟我說，他也打算賣掉鄉下的房子，北上來發展，連小店面都找好了，準備幹老本行，賣這些稀奇古怪、說不上是古董的小東西。一切回歸平淡，本來以為人生就這樣了，偶爾一起去吃吃喝喝，或者拗口袋錢很多的楚大胖請客喝酒。

一直到上個禮拜，楚大胖在喝酒的過程，拿出了一個東西，說是上次胖哥事情結束之後，整理夾層的專業人士給他的。我跟世充一看，全身就像觸電一樣。

此時，我們誰也不知道看見這個東西之後會發生這麼多事情。

好像被一串繩子綁著一樣。

我們……一個都逃不了。

第四章　楊樹，別動

燈一關就變成地獄

楚大胖拿出一個小指頭大小的東西，還沒細看我就知道那是什麼。世充看了我一眼，接過來仔細瞧了瞧，對我說道：「楊樹，一樣的。」

這東西當時壓在那個胖哥屍體的膝蓋下面，由於屍體腐敗的狀況很嚴重，移動的時候幾乎黏著祂的膝蓋，如果不是那專業人士眼睛很毒，差點就要跟著送去殯儀館。

這個事情很古怪，不知為何我忽然想起卜心彤說的，那胖哥介於「生與死」之間。這話後來卜心彤也沒有多作解釋，或者她確實解釋過了，但我沒聽懂，所以沒放在心裡。

藍姨那裡有這個，世充也收到這個。此時楚大胖又拿來這個，要說這其中沒有什麼人為的痕跡，那是說什麼我也不相信的。

楚大胖興致勃勃，問世充這東西他收不收。世充猶豫了一下，楚大胖在一邊不停敲邊鼓，說什麼你們手中都有一樣的，說不定是一整組的，搜集完畢可以召喚神龍什麼的。我像看白痴一樣看著他，一開始覺得他看起來精明又充滿社會氣味，對他還有點尊重，現在看來就是一個死愛錢的胖混混。

世充琢磨了好一下子，半拗半騙，竟然也沒付錢就把那蟬蛹拿到手上。我太意外這個結局，很久之後才知道，楚大胖根本就打算直接送給我們，他們兩個只是慣例地嘴砲兩下。

至於楚大胖為何想直接送我們……我猜他也不敢留著吧，畢竟很晦氣。

那頓飯吃得挺開心，我狠狠點了三次白灼蝦，為了坑楚大胖一波，剝蝦剝得我滿手通紅。我只喝了兩三杯小杯的台啤，騎回家的路上，世充顯得有點醉醺醺的，看他在後座頭不停地點著，我停下來，買了一罐水給他。

世充問我，會不會覺得這一切太巧了，寫劇本都沒有這麼誇張。我說我自己沒想太多，畢竟就一個窮宅男，說有什麼價值讓人算計，除了美色之外，我還真想不到其他的。

我才說完，世充就在一旁吐了。

是真正意義上的吐，我對於這種巧合也感到不可思議。

吐完之後，我超想揹他。但他卻一臉嚴肅看著我：「楊樹，你相信卜心彤說的話嗎？」

我愣了一下，不知道他所指的是哪些部分。

世充想了想，說道：「別的先不說，就說那個上吊的女的跟那個恐怖胖哥的事。我總覺得她解釋起來太詳盡，詳盡得好像事情另有隱情一樣。」

我說你也想太多了，就算有什麼隱情，恐怕也是顧及當事人隱私吧！他不以為然，只說是他的感覺。那天一聽完卜心彤的說法，不知道為什麼他心裡就有點堵堵的，好像水管塞住了那樣。

我說，你也對卜小姐太多意見了吧。那時在房子裡，水深火熱，你都只剩下半條命了，竟然還懷疑我們之中戰鬥力最高的人，想死也不是這麼死。世充把剩下的水倒在剛剛吐的地方，清洗了一下，在門口的椅子坐了下來，點起一根菸。

「楊樹，你知道我後來為什麼沒繼續念書嗎？」

事實上，世充重考班都沒有讀完，家裡就出了事，父親重病回鄉下休養，母親早幾年就離家出走。說父親回鄉下休養是誇張了，其實也負擔不起北部的生活以及租房，只好搬回老家。沒有撐多久，父親就過世了，當完兵回來也不知道該做些什麼好。打零工、做廚房、油漆、擺攤，鄉下地方能賺錢的工作不多，他說，只要我想過的事，他幾乎都做過了。賺錢難，生活更難，他特別能夠體會那個胖哥跟上吊女孩的心情。

這人間看起來鳥語花香，有時候燈一關，就變成地獄。

而且這燈，誰關的都不知道，說關就關。

「所以我跟你說，我對很多事情都帶著懷疑，有些奇怪的地方會被我放大，這是我的生存經驗。」

便利商店的自動門打開了，「叮咚」一聲，我轉過頭卻沒發現有人。我愣了一下，不會發生了這麼些事情，我突然變成「名偵探」體質，到哪裡都會遇見不可思議事件吧？說也奇怪，我才這麼一想，就感覺自己背後吹來一陣風，涼涼的，那種奇怪的感覺就消失了。

世充抬起頭看了我一眼，表情有些古怪，一聲「走吧」，我們就趕緊上車走人。

回到家之後，我們仔細比對了一下三個蟬蛹，還拿手機的手電筒照了很久，沒有發覺什麼奇怪的東西。蟬蛹裡頭也沒藏著什麼藏寶圖的線索，讓我們當電影主角的心一下子涼了。意興闌珊之下，世充跟我說起他想把老家給賣了，開店、生活都需要錢，目前吃老本，怕撐不了多久。話鋒一轉，他說，看楚大胖這樣投資凶宅好像很可以，要不要我們也來試試看？

我趕緊搖頭，覺得自己命沒那麼好，還是仲介就好，萬一有事情真的麻煩了，也不怕沒辦法脫身。過了一下我覺得奇怪，世充怎麼都沒回話，轉頭一看，世充盯著小沙發前的桌面發愣。他看得入神，我就走過去跟著看。這小桌子是個小木桌，上面有一層強化玻璃，桌子上因為我個人的堅持，除了世充硬要放一個菸灰缸以外，什麼東西都沒有。此時，上面卻用菸灰寫著兩個字。

肥龍。

我沒好氣地推了世充一把：「你搞屁啊，給我擦乾淨。」

世充沒看我，只是搖頭，說道：「重點來了，這，不是我弄的。」

我才不相信，轉身拿了衛生紙準備沾水擦掉，世充制止了我。

「楊樹。」祂說。

「楊樹，別動。」

這下子靠北了

我背對著翟世充。此時祂的聲音很像從遙遠的地方傳來一般，我全身電流一起，寒毛炸開，感覺有一個影子從我身後罩過來，一副要把我包圍進去的感覺。我哪裡管什麼別動，大驚之下往前撲到床上，轉回頭看著剛才站著的地方。

「剛才是怎麼回事？」我什麼也沒看見。

世充搖頭，眼睛瞪得大大的。「沒事你幹麼叫我別動？」我氣壞了。

人嚇人是會嚇死人的，這翟世充沒事搞事。

怎知道世充搖頭：「我……我剛剛沒說話。」

我坐去沙發上，兩個人硬著頭皮看著桌上那兩個字。

我問他，我們現在應該怎麼辦？他抓抓頭，表示不知道。我再問，你有沒有認識姓「肥」的朋友，他繼續抓頭表示不知道。這下子好了，我們會不會就在這邊坐到天亮了。

世充一直不說話，我雖然也害怕，但他這樣子真的讓人生氣，本來裝著沒事這件事或許就過了，他這模樣，分明是想讓我更害怕。才準備開口削他一頓，他手指著桌上的蟬蛹，用力吞了一口口水。

我心裡默念「南無阿彌陀佛」、「南無觀世音菩薩」，才看向他手指的地方。那蟬蛹微微地動著，我閉上眼再睜開，果然在動。這一定有鬼了，我抓起手機，拉著世充，這個時候只有一個人能夠幫得上忙。

「卜心彤。」我說。

世充點頭，抓了外套站起身。

「楊樹。」那個聲音又傳來：「別動。」

我們像被點穴一樣站著。當過兵的都知道，一個口令一個動作。時常有朋友抱怨，不知道當兵浪費時間到底要做什麼，我總覺得入伍訓練最重要的一件事，就是服從。真正遇到危險或者緊急狀況，團體之前服從命令是最緊要的事。

而我們現在就如同聽見命令一樣的小兵，動都不敢動。

「什麼情況？」世充說道：「你要不要先打電話給卜小姐？」

我拿起手機，突然感覺身旁一陣下沉。我轉過頭，好吧，我知道自己不應該轉頭，但我就是轉頭了。一個龐大的影子好像坐在我旁邊一樣，我看不見祂的樣子，事實上也不是影子，就是一種感覺，感覺旁邊有個傢伙，而且很大。

「你是誰？」我鼓起勇氣。

過了好一下子都沒有回應，好像之前的聲音是錯覺，但怎麼會兩個人同時有錯覺？桌上的蟬蛹還在微微顫動，我猜想，會不會是這東西上面附了什麼靈體，被我們一起帶回來了？難怪楚大胖那個混蛋不收錢就要給我們。

等了一會兒，我決定還是拿起手機聯絡卜心彤，那個聲音又出現了。

「我是肥龍。」

我深呼吸一口，奇怪的事情遇多了，抵抗力確實強了一點，我決定義無反顧跟祂對話，說道：「肥龍先生，你為什麼在我這裡？」

過了好一下子，祂說：「別怕。」

我一聽，怒火就來了。別怕？你說得很簡單，要是換你來，你怕不怕？世充看我吹鬍子瞪眼，推了我一下，要我先打給卜心彤。

我抄起手機撥號，那聲音也沒繼續制止我，電話接通以後，卜心彤傻愣愣的聲音傳來：

「你好。」

我說：「卜小姐，出大事了，我家來了個奇怪的東西，還會說話。」

卜心彤或者是睡了，聲音有點呆懶，問我翟先生不是本來就會說話嗎？

我差點昏倒，跟她說不是翟世充，是鬼，看不見的，是鬼！

卜心彤那邊安靜了一下，時間猶如磨豆子一般旋轉煎熬。

「不然你讓我跟祂說話吧，我看祂要幹什麼。」她說。

我愣了一下，世充讓我開擴音，然後把手機擺在那個顫動的蟬蛹旁。

「好了。」我說。

「你好啊，這麼晚還沒睡？」卜心彤說道。

我一聽又差點暈厥，這是跟鬼閒話家常嗎？

「不管你要做什麼，我現在很想睡覺，如果你害了我朋友，那我會找你報仇。就這樣，記得喔。」

然後。

然後卜心彤就把電話掛了。

這下子靠北了。

別動！

卜心彤說，她透過電話發散了念力，不管什麼鬼都可以感受到，不會真的敢亂來的。我說，這念力到底有沒有這麼強的功效？她竟然吐了吐舌頭，跟我說「騙你的」，哪有什麼念力可以透過電話傳過去的。

這是後來卜心彤跟我說的。

那天晚上，她就這樣掛了電話。我偶爾會覺得她有思覺失調還是分裂人格，平常一副天然呆的樣子，遇到事情又像另外一個人，精明強悍到讓人敬畏。怎麼這兩個人格不綜合一下，至少不會讓人不知所措。

話說後來電話掛上之後，那位「肥」先生就沒再回應了。我跟世充兩人真的很怕，等到確定沒有聲音之後，把蟑螂一收，兩個人拿了鑰匙就去住了一晚汽車旅館。早上回去之後，雲淡風輕，彷彿昨天晚上什麼也沒發生過。話雖如此，我決定了要搬家。首先是兩個人窩在小套房諸多不便，世充每晚在沙發蜷著身體睡覺怎麼看怎麼難過，雖然他本人不介意。再來是這幾個案子過後，手上有了一點錢，也想住得舒服一點。最後，大概想逃離那個「肥」先生才是主因。

找了一趟卜心彤，問她有沒有什麼可以簡單保護的，至少讓那個「肥」先生不要再突然說話。一如往常，卜心彤說自己不是法師，沒有那種東西。說話的時候，一直看著按摩店門外，心不在焉。

本來想找個新的社區大樓搬進去，自己幹仲介的，什麼物件不好找。沒想到世充手腳更快，火速處理了雲林鄉下的老房子，以一個很便宜的價錢脫手，還不斷念我不去幫他賣，害他損失了一筆仲介費。然後他在卜心彤按摩店附近、隔了兩條街的地方找了一個店面，兩層樓，面寬不太大。一樓他打算依照計畫做他的小買賣，二樓就當我們睡覺的地方。樓上兩個房間、一個小客廳，還有一間像儲藏室一樣的小隔間，世充拿來當他的儲藏室。要下手之前半拐半騙，讓卜心彤也過來一趟，沒想到整個下午她呈現極致的呆萌狀，看來這地方沒什麼問題，是乾淨的。

不到一週的時間搞定這些事，忙完了之後都覺得魂不附體，不是嚇的，是累的。期間楚大胖過來了一趟，還替我們開車搬了一些家具，一看不是凶宅，他就顯得興趣缺缺，只送了我們一台除濕機當作入厝禮。話是這麼說，楚大胖卻三不五時就往這裡跑，最後嫌棄我們的沙發，送了一套新的，跟他房子裡那種舊舊、橘色牛皮復古沙發一樣的過來，說是工業風。那淡淡的牛皮味好聞極了。

世充自己整理店面，裝燈、油漆、鋪木地板，我偶爾幫手一下，確實看起來有模有樣的。店面也沒有招牌，就在鐵門上油漆著「奇趣二手貨」。我說，這奇趣聽起來就很像「情趣」，不太好。世充說我太嫩，就是這樣才會引起人的興趣。

他的那一大堆家當，還真的需要一間儲藏室，天知道這些年他到底搜集了多少稀奇古怪的東西。這段時間在原本的套房真正什麼事也沒有，但為了保險起見，世充還是趁著回鄉下一趟，求了一個護身符，跟那三個蟬蛹放在一起，收在一個黃色的束口小絨布袋裡。

退掉套房，拿回了一半的押金，索性請了楚大胖跟卜心彤一起到店裡吃喝一頓。當然，全是外面買的。楚大胖拎著兩瓶威士忌，卜心彤也算不錯，帶了一個八吋的蛋糕過來，剛好是我不敢吃的芋頭口味，真棒。

店面有一張大桌子，長方形的，平常拿來擺世充的那些東西，收拾一下就變成我們的餐桌。好料不少，都是外面餐廳訂的，擺了滿滿一桌，有楚大胖在，放多少食物都不嫌誇張。擺餐具的時候，世充拿出一套看起來很有年代感的餐具組，一人一個小碟子，一雙筷子、一個湯匙。我們四個人，卜心彤擺了五副，我正準備收起一副，她卻制止了我。這一下子所有人像被按了暫停鍵，齊齊看向她。

「還有客人嗎？」世充問道。

「沒有。」卜心彤搖頭。

「那幹麼多一組碗筷？」我問。

「禮貌。」

入住新房，不管這裡是否有所謂的「原住人員」存在，多擺一副碗筷是一種禮貌，有則相安無事，沒有也無傷大雅。這樣一說完，大家鬆了一口氣，開酒的開酒，開吃的開吃，光線是4000K的自然光，比起純粹的白光要舒服許多，又不會像黃光一樣昏暗難受。卜心彤吃東西細嚼慢嚥，每一口都要咬很久，但速度相當不慢，差點可以比上楚大胖那囫圇大口的樣子。

新的生活，新的地方，新的開始，我們正準備乾杯，好好慶祝一下的時候，多出來的那一副碗筷動了一下。

「嗯？」卜心彤舉著手裡的果汁，撇頭看了眼。

「別動。」

哇操，那個聲音，那個肥龍的聲音又來了。

我看向卜心彤，此時唯有她可以妥善處理。

卜心彤食指中指伸出，一個劍指往那裡戳去。

「別動。」

我正想這肥先生是不是傻了，這是打架，你說別動，卜心彤這個殺伐果斷的人怎麼可能聽你的！才這樣想，卜心彤就以一個極不自然、極扭曲的姿勢，硬生生地停下動作。

酒水灑了一片。

裡、拍手

「肥龍。」

那個聲音說道。

有卜心彤在，我跟世充有了守護神，也不像當時在套房那麼手足無措。楚大胖喝多了點，「啪」的一聲把酒杯放下，大罵「誰敢在我楚哥面前自稱肥」，這種緊要關頭，我差點笑場。

卜心彤愣了一下，左手捏著六壬指法，嘴裡念念有詞，過了好一會兒，看著那空無一人的位置，問道：「你怎麼跟著過來了？」

「別怕。」肥龍說道。

我心想，這個肥龍說來說去就只能說那些話，腦袋一轉，拿起旁邊楚大胖用的菸灰缸，把菸灰倒在那個位置的桌上。這位置恰好就在我旁邊，我看著菸灰慢慢地浮現字體。

吃。

世充看了，問肥龍先生是不是肚子餓，然後把那菸灰重新搗亂鋪平。這麼一攏弄，那菸灰大多數黏在世充手上，連寫個一筆劃都不夠，我走出店門，拎著之前入厝拜拜燒剩的灰，抓了一把倒在桌上。楚大胖「幹」了一聲，肥手一攏，把桌上的飯菜移了位置，免得沾上灰。

「這些是人的吃食，你沒辦法吃。」卜心彤說。

那桌上的灰動了一下，好一下子沒動靜。我小聲地問卜心彤這個到底是誰，你怎麼沒有對付他。卜心彤想了想，也沒控制音量，直接對著大家說，她不知道是誰，但感覺有點熟悉感，就好像夢裡夢過，或者小時候曾經遇過的那種熟悉感。

過了一下，灰動了。

心。

吃。

我抹掉灰，再補上一把。

同。

人。

「這樣讓你感覺像人一樣？」我問。

「Yes.」

楚大胖臭罵了一聲，哇操，鬼還會說英文，欺負我沒念書。

我沒搭理他，繼續問道：「你為什麼跟著我們？」

救。

卜心彤一彈指，說道：「你是那個屋子裡頭的胖鬼？」

那個屋子裡的胖鬼？我腦中立刻浮現那個胖哥，跪在地上頭抵著地板的樣子。

我正準備再撒上一些灰，聲音傳來。

「肥龍。」祂說：「是我。」

「你不能跟著我們，自己找地方去。」卜心彤說。

「別怕。」肥龍說。

「你如果再不走，我就要趕走你了。」卜心彤伸出劍指。

「別怕。楊樹。」

我愣了一下，怎麼好像是跟著我一樣？

「我？」我說道：「所以是因為我？」

「楊樹。」肥龍說完，桌上又寫了一個「救」字。

「是要救我，還是要讓我救你？」我問道。

「救，楊樹。」這次是用說的。

卜心彤整理了一下馬尾，我伸出手想制止她，畢竟這次我沒感覺到這肥龍的惡意。她瞪了我一眼，說沒想處理祂，只是這樣溝通太慢了。隨後嘴裡念念有詞，從口袋裡拿出一個小玻璃瓶，裡面有一些黏稠的液體，倒出來幾滴抹在自己的食指上，往那個肥龍的位置騰空劃圈幾下。接著她讓我們都坐下，吩咐世充把燈光關掉一些，手背靠在桌上，手心朝上，一下子比出一個手槍一樣的「七」，一下子翻轉成手心朝下、拇指朝左其他四指收著，然後手在空氣抓了一把，「呼」地一下往那裡一撒。說也奇怪，好像一陣煙霧一樣，我幾乎可以看見那個龐大的身影。

好像另外一個楚大胖坐在那裡。

但其實什麼都沒有，只是一種感覺罷了。

「我上次救了楊樹。」肥龍說。

「救了我？」突然，我們竟然像聊天一樣。

「你是說在便利商店那次？」世充試探地問。

「那個想跟著你，我敢泡祂。」

「趕跑祂是吧？」發音也太不標準了。

「楊樹，別怕。」

我心想，我到底怕什麼，怎麼肥龍一直重複這句話。

卜心彤突然站起來，回過頭看著門外。

楚大胖離門口最近，轉過頭去，然後大叫了起來。

「手掌、手掌！」

玻璃門外，好幾個掌印。然後愈來愈多、愈來愈多……

四個、五個、七個八個九個。

滿滿的掌印。

卜心彤眉頭一揚，往前一步。

「別怕。」肥龍說。

「好的。」

卜心彤回過頭，說道：「什麼好的？」

「那些，好的，別怕。」

「楊樹，拍手。」

我「啊？」了一下。這種場面，外面一堆不知道哪裡來的掌印，怎麼突然要我拍手？世充對我點頭，要我試試看。我望向卜心彤，見她也對我點頭。

我便試著拍手。

輕輕地，一下兩下。

三下四下。

「沒反應啊。」我說。

「錯了。」肥龍說：「楊樹，反著。拍手。」

反著拍手？

我疑惑地看著其他人。卜心彤眉頭深鎖，讓我稍微等一下。

她往門口走去，來回走了幾次，然後手背對著手背，示意我這樣拍手。

我點點頭，卜心彤微微彎腰，做出準備撲殺獵物那樣的姿勢。

我看過，當她準備發功的時候，就是這個樣子。

我深呼吸，然後依照卜心彤的樣子，兩手的手背拍擊。

感覺整間房子上下抖動了一下，楚大胖雙手都抓了一下桌子。

掌印。

不見了。

詭異的蟬蛹

正式入厝的頭一天發生這樣詭異的事，該說我們抵抗力已經很強了嗎？除了楚大胖喝多了罵罵咧咧，掌印消失之後，世充整理了一下滿桌的灰，我們竟然坐下來繼續吃東西。

卜心彤切著蛋糕，到了這時候只剩下楚大胖還持續地吃，我與世充都已經滿胃。分好蛋糕之後，卜心彤好像想到什麼一樣，突然笑了，拍了我的肩膀一下。

「你們兩個真不錯。」她說。

我跟世充心裡正嘀咕著，世充無奈說，剛搬進來就碰到這個，哪裡能好。說完還瞄了一下肥龍那個位置。

卜心彤搖頭，說這個我們就把事情看得太淺了。她也是現在才想起來，隨後看了一眼肥龍的位置，說道：「這些是你找來的吧？」

「肥龍找的。」

對這聲音我們已經見怪不怪了，卜心彤看我們想問又不敢問，就自己解釋了起來。首先解釋了肥龍現在的狀況，因為長期在那個裡屋裡面自我囚禁，祂並不能直接跟我們溝通。那所謂恐怖故事裡面可以說話嚇人的鬼，百分之九十九都是騙人的。楊樹，你還記得小萍嗎？你可曾聽見她說話？

我仔細一想，好像是這麼回事。虧我以前還對那種鬼故事，什麼「我們心連心、背靠背」，還是「你在看我嗎」這種嚇得晚上不敢尿尿。她解釋：「肥龍之所以有辦法跟你們溝通，看來是因為在那個裡屋，你們有了什麼連結，否則一般除了血親之外，幾乎無法溝通。能夠溝通的那種，我就處理不來了，遇到了就自求多福。我後來試著用手印稍微打開一下我們跟祂的空間，怎麼說呢？就好像祂生活的地方跟我們隔著一層保鮮膜，我給這個保鮮膜戳了一個洞。」

說到這裡，卜心彤停了一下，道：「對了，你們想看見祂嗎？」

我呆了一下，楚大胖興奮地大叫，世充瞪了一眼那個胖子，問道：「是傳說中的牛眼淚、柳葉抹眼睛嗎？」

卜心彤吐了一口氣：「都不知道這些傳說怎麼來的，這些東西抹到你眼睛爛掉都沒用。所謂牛眼淚，其實是一種調製出來的藥水，主要也不是拿來見鬼的，柳葉抹眼睛就更離譜。如果你們真想看見胖鬼，我在你們眼皮上處理一下就可以，但是記得，畫上去之後就算你洗掉，至少……十天吧，十天之內你們都會看到遊蕩的所有靈體。想試試看嗎？」

楚大胖第一個舉手，不知道為什麼我也跟著點頭。世充好像猶豫了許久，最後也跟我們一起。這種氣氛之下，我們好像被什麼引導一樣，糊裡糊塗就跟著卜心彤的話語走，好像摸黑走在不熟悉的房間，聽見了聲音叫喚自己，直覺地跟著走一樣。

楚大胖第一個，我第二個。卜心彤從自己的包裡不知道拿出什麼瓶子，裡面有紅色的液體，說也奇怪，她食指沾上一點，隔著大概一公分的距離，在閉著眼的楚大胖上眼皮前面比劃半天，就大功告成了。處理完之後得閉著眼，等到卜心彤說好了才可以睜眼。

輪到我的時候，我好奇問了卜心彤，如果遇見那種很噁心的，硬要湊到我眼前，我應該怎麼辦才好。卜心彤說，閉上眼睛吧。說了等於沒說。

我們三個輪流處理完，閉著眼睛等待的時候，感覺卜心彤「窸窸窣窣」地不知道幹麼，睜開眼，我這次真的看見了肥龍。祂確實身形龐大，感覺比楚大胖還要大一號，楚大胖可能喝多了，竟然走過去臉對著臉湊在肥龍前。

「沒什麼可怕的啊。」他說。

肥龍笑了笑，突然就把嘴巴裂得超大，楚大胖一驚，差點摔到地上。

「剛剛外面那些，是來祝賀的吧？」卜心彤問肥龍。

肥龍點點頭：「好朋友，熱鬧。你，不敢進來。」

卜心彤滿意地點頭。聽這意思，是因為卜心彤在這裡所以不敢進來，這代表我們偉大的卜小姐確實有震懾力，我聽了也頻頻點頭，果然不簡單。卜心彤說這叫做「萬鬼朝拜」的一種變形，大致上是好的。我疑惑，一堆鬼跑來怎麼能算好？卜心彤說我笨，笨蛋要有自知之明。一般人對於這種事當然不好，萬鬼一拜，不是鬼王要出來了就是有人要死了，但做生意的就不一樣了。尤其這裡的風水，複雜的不說，至少現在走到了活門，有這些靈體過來那麼一沾，生意肯定好。不過也別高興太早，這只是肥肥鬼找來的幾個靈體而已，說是真正的萬鬼朝拜，在意義上遠遠不到，至少這裡肯定生意會順利，也不會有太多奇怪的干擾。

「那會影響我們的健康嗎？」我問。

「這其實是一種很矛盾的錯誤說法。這個世界的人跟另外空間的靈體太常接觸是會影響健康，但事實上我們與祂們之間隔著一層保鮮膜一樣的結界，要影響除非怨氣太大或者真正的凶靈，像祂之前那樣。」

卜心彤指著肥龍。能這樣指著鬼的，我看也只有她了。

「然而一般人無論何時何地，基本上都隔著這保鮮膜與祂們共處，那麼，怎麼會有特別的影響呢？有影響的都是真的機緣巧合，保鮮膜人為地或者天然地破了，實際沾附在人的身體上。就像你上次身上的腳一樣。」

說到這裡，肥龍好像有點低落，我猜是因為那隻腳，是祂心裡的牽掛。即使現在已經雲淡風輕也是如此。

我想安慰一下肥龍，不過對於真正的鬼，我還是有些害怕。

「那個，不好。」肥龍伸出小指頭，對著我說。

「你是說……」我看了看世充，想到那個蟬蛹：「那個東西不好？」

楚大胖在旁邊繞著肥龍，還拿出手機拍照，卜心彤問我什麼東西，我跟她說明了。原本以為小萍跟蘭姨那次事情，卜心彤對這個應該很熟悉，豈料她眉頭一皺，讓我拿出來給她看。我想了想，第一次見到這蟬蛹，是往我們身上扔過來，卜心彤一閃就過去了，接著就被我撿起來，確實她可能對這個毫不知情。世充趕緊上樓，沒有多久拿了個黃色小絨布袋下來，遞給卜心彤，裡面有三個，什麼時候到手的，統統說給卜心彤聽。卜心彤從袋子裡把東西掏出來，除了三個蟬蛹，還有一個皺巴巴、灰綠色的護身符。

「咦？」世充把那個灰綠色護身符拿出來：「怎麼變成這個樣子？」

對啊，我記得這護身符應該是紅色的，怎麼變色了？卜心彤拿出那蟬蛹，上上下下仔細瞧了很久，表情異常沉重。我感覺氣氛詭異，小心翼翼地問她，是不是有什麼不妥。

卜心彤看了肥龍一眼，說道：「這個是什麼東西？」

我們聽了差點跌倒。

生死之間有大……雞排

不管扔到哪裡，這東西都會自己回來。

這是肥龍說的。

原本以為卜心彤可以發現些什麼，至少也能看出些端倪，誰知道她也是一頭霧水。但奇怪變化的護身符，倒是讓卜心彤拿去研究了。我提議把這些奇怪的蟬蛹給扔了，或者拿去廟裡的金爐燒掉，或者找個地方埋起來。

肥龍說，沒有用。

之後我確實實驗了很多次，甚至拿鐵鎚敲，但不管如何，這東西確實會在某個時候自己完好出現，令人感到不可思議。即使後來把這東西放到卜心彤那裡，沒多久又會回到我們

這裡。另外有一個最特別的現象，如果我跟世充分開，並且把那蟬蛹扔掉，最後這東西會到世充那裡還是我這裡呢？

我這裡。

那一次我故意不回來情趣（也就是世充的店），借住了楚大胖的地方兩天。一早睡醒，這三個蟬蛹妥妥當當在床頭櫃上。楚大胖中午醒來，也覺得不可思議，甚至毛骨悚然。

我覺得被一個巨大的網包圍了。仔細回想，根本也不知道究竟什麼時候惹到這些奇怪的事，世充讓我不必想太多，確實我沒有什麼可以讓人惦記的，就當作這些不可思議的事情是老天爺給的禮物，以後跟自己小孩講故事，也比較精彩。我說這種精神勝利法也太智障了。

那天晚餐結束，卜心彤要求肥龍盡快離開我們這裡。肥龍答應了。因為我們被卜心彤開了眼，心裡還有些害怕，擔心會不會每天睜開眼都有人在我床邊看著我。然而這種事根本沒發生過，就算我晚上在外頭走，也沒看見什麼特別的，都懷疑卜心彤功力不夠。後來世充跟我說，我可能錯怪了她。

「你說，就算是另外世界的靈體從眼前走過，不要狀態過分的，我們能發現嗎？」

我想了想，那天的肥龍確實也好好的，沒有之前那種恐怖的模樣。說不定哪一天在便利商店跟我擦肩而過的老爺爺，其實是鬼來著。後來倒是有一些發現，至於究竟是我多想還是真的，那就不得而知。

事情是這樣的。

楚大胖對於投資凶宅還是滿抱著積極，我問了巨哥，也放出了消息，才知道特殊事故非自然死亡的物件，比想像中多太多了。這裡不好多說，免得大家買二手房心裡有太大的負擔。此期間我找了幾個物件，還帶著楚大胖去看了看，有的破舊到連重新整理都難，有的卻裝潢漂亮、地段極佳。

最讓我印象深刻的（後來楚大胖確實也入手了），是一間大概三十幾年的老國宅，拍照的時候一切都很正常，帶楚大胖去看的時候也挺不錯。就是那一天帶楚大胖看屋，我把文件夾漏在那裡，晚上想起來繞過去拿的時候，我動作也不敢拖沓，誰知道離開之前關掉總電源，發現陽台外面一個小孩子在那裡跳啊跳。

但，那裡是十三樓。

而且那孩子在陽台欄杆（其實這個物件的欄杆是以強化玻璃取代）外面。債多人不愁，鬼見多了，我確實心裡強度提高不少，我竟然轉過身去，把陽台的落地窗給鎖上。

離去之前，我在耳朵旁邊聽到很清楚的小孩說話聲。

「我可以進去嗎？」

鬼拍手

我背脊一涼，幾乎就要嚇到尿出來。

但事情卻有了奇妙的變化，聽完這耳邊的呢喃之後，我立刻又聽見肥龍的聲音。

「乖。」

然後我轉頭，那個小男孩就不見了。我還記得卜心彤說過，能讓人聽見聲音的，都是很難纏的傢伙，但肥龍一聲「乖」，就讓那男孩真的乖乖地。我小聲地對肥龍說了聲「謝謝」，但還是屁滾尿流地閃人。

還有一次，我晚上帶看回來晚了，騎車有些慢。從那裡回家的路上得經過兩條山路，一條比較好走，但是經常有砂石車經過。另外一條路雖然比較彎彎繞繞，但車子比較少。我選擇走車少的小路回來。也許因為太累了，路上便跟著前面的車子一起騎，一邊放空。等我回過神，發覺前面的車子有點奇怪，仔細一看，後座坐著一個人，不，那不是人。

那傢伙反坐在機車後座，頭髮長長的，臉上輪廓看不清。我整個臉麻了起來，恰好過了一個彎。等我騎過去，發現機車上的臉對著我笑，就在這個時候，我聽見身後傳來一聲超大聲的……

「滾！」

是肥龍的聲音，然後那個傢伙就不見了。騎車的人速度很快，一下子就消失在我眼前。如果可以，我希望那個騎車的夥伴沒事。

這些事情已經是上次開眼之後一兩個月。我跑去問卜心彤，怎麼這麼久了我還可以看見，卜心彤兩手一攤，表示她也不明白，可能中間出了什麼錯。我說這可不行，我不想以後都可以看見奇怪的東西，很多時候不知道、看不見才是幸福的。話雖如此，也沒辦法改變些什麼。

那個小男孩的房子，後來被楚大胖買了，把家具換了一些之後，楚大胖很快就脫手，不只他賺錢，我也撈了一些。慢慢地，很多公司同事會把這樣的物件PASS給我，甚至還有同行透過關係，想跟我一起開發銷售凶宅，他們開發，我負責銷售。然而我手邊就楚大胖一個金主，想做這個生意也做不來，便婉拒了。不過有好的物件，我倒是很明快地把資料送給楚大胖，我的生活有了好轉，世充那邊確實也如卜心彤所說，生意相當穩定。

為了載貨方便，世充還買了一台小車。

車子雖然小，但載貨、偶爾要去比較遠的地方，確實方便太多了。甚至幾天下雨我要上班，還跟世充借了車，看著路上騎士穿著雨衣，我就覺得自己人生進階了，財富自由了，我終於發達了。

但這小車有一個壞處。肥龍雖然答應了卜心彤不可繼續跟我們賴在一起，但有時候我跟世充晚上出去吃飯，總可以感覺後座突然下沉，好像肥龍坐上車子，跟我們一起去吃好料一樣。

鬼拍手

世充跟我討論過這事，我說了上次楚大胖買那個房子的小男孩事件，加上世充覺得在店裡偶爾會感覺到肥龍坐在那邊陪他，久了竟然也習慣了，甚至把肥龍當成我們的一個室友。感覺就像是光棍三人行。

有一次晚餐吃得早，到半夜我跟世充實在太餓，買了雞排跟珍奶，那一次家裡出現了巨大的震動。肥龍似乎對雞排跟珍奶特別衝動，整個餐桌都搖晃了起來，我跟世充嚇得差點奪門而出。

肥龍在屋子裡到處亂衝，那一瞬間我真的很想逃，後來發現，肥龍會低著頭，鼻子湊上雞排前面，我才知道祂肯定非常非常喜歡雞排，難怪是一個肥宅。最有趣的是，單買雞排祂不會這樣衝出來，唯獨雞排加上珍奶祂就瘋狂了。我們吃完之後，祂會在垃圾桶旁邊蹲著，一臉可憐地看著雞排的袋子。那樣子我不知道該笑還是哭，果然是本土好肥宅，做鬼都喜歡雞排。

後來遇到中秋節連假，本來我跟世充想約卜心彤跟楚大胖一起來「情趣」店門口烤肉，但肥龍那幾天一直大吼大叫，一直「雞排」、「雞排」。於是四天連假，我們吃了四天的雞排，快吐了。

讓我回到幾年前，我肯定不相信有這麼離奇的事。人生無啥波浪，轉眼笑看紅塵。我像個被動運轉的機器，為了生活每天努力著。有時候總覺得自己渾渾噩噩，不知道為了什麼前進，雖然工作還算順利，生活也好了很多。我媽借我的錢，我也還了，甚至連卜心彤曲屠香的錢都結清了，但就覺得這生活太乏味，太空洞。

我有點懷念之前的那種刺激。

說給世充聽，差點被他踹出店門。偶爾我們還是會找楚大胖跟卜心彤過來聚餐，只要是吃飯，楚大胖這胖子就不說了，卜心彤幾乎每揪必到，不知道她平常過的是什麼樣的生活，這麼喜歡吃美食。

也許是心想事成，或者我終究不甘寂寞。有趣的事情來了。

還記得那個在陽台外面的小男孩嗎？

有一天夜裡，我幫著世充收拾完店面，肥龍帶著那個男孩出現。

我要去找媽媽

「幫祂的忙？」

我張著嘴，不知道該如何反應。

楚大胖請的師父功力不行啊，我想。我記得那房子他入手之後，確實找了師父處理過，理當這孩子已經離開了才對。肥龍說，這孩子可憐，是被虐待的，最後趁著沒人在家想逃跑，才意外摔下樓。看那孩子恐怖的樣子，我大概可以猜想出來。但是，被虐待？

我聽了拳頭都硬了。到底要怎麼狠心的大人，才會下手虐待這樣毫無還手能力的孩子？要是我，就好好修理一頓那沒天良的大人。肥龍說，這孩子沒地方去，在原本的地方待了很久，怨氣愈來愈深。我看祂的表情，確實一下像個普通小孩，一下子又面目猙獰、張牙舞爪，臉孔不停變換，像川劇變臉，讓我有點膽顫心驚。

我說，我得怎麼幫祂？這事情不是我能幫忙的，要不我找卜小姐來？世充也同意，我們確實對這個小孩的遭遇感到心疼，但我們終究是普通人，這種事情，想幫也沒辦法幫。

肥龍說，這孩子找到了一個地方可以去，去那裡幹什麼肥龍也說不清楚，好像就是去那裡住著，等著，等可以投胎或者離開這裡的時刻。我說那簡單，你帶祂去就可以了啊！肥龍搖頭，那地方得買，跟那裡的「東西」買。想讓我過去「仲介」一下。

我大驚，讓我去跟鬼談買賣？這事情我怎麼做得來，況且，要拿什麼去買？肥龍告訴我，準備冥紙就可以，所以才讓我們幫忙，畢竟這個小傢伙這麼多年，也沒人給祂燒紙，希望我們可以幫忙。

我還是覺得不妥，肥龍急了，那小孩也露出很凶的樣子，嚇了我跟世充一跳。最終，肥龍跟那孩子溝通了半天，告訴我們，如果可以幫忙，那孩子其實在之前那個國宅社區的中庭的某棵樹下，埋了貴重的東西。如果我們幫忙，那東西可以給我們，反正祂也帶不走。

小鬼能有什麼貴重的東西？我很懷疑。

世充說，不要這麼想，說不定真的有，況且就是幫個忙，應該不會有太大的問題。我讓肥龍給我點時間思考，肥龍很開心，帶著那孩子消失了。

我跟世充討論了很久，他是持贊成的態度，我卻覺得這事情超出我能力範圍。但看在這也是好事一件，日行一善，掙扎了一下，我決定跟卜心彤說。

卜心彤到「情趣」來的時候，楚大胖也跟著來了，說是剛好在卜小姐那裡按摩呢。我說，卜心彤的按摩不是都針對奇怪的卡陰才有用？卜心彤說才怪，這樣會餓死，她做的是深層經絡調理。

我們都坐下來之後，卜心彤對著空氣大喊：「胖胖鬼，出來！」

肥龍就出現了，在卜心彤眼前乖得跟小貓咪一樣。

呃，體型龐大的鬼貓咪。

那小孩躲在肥龍後面，探出頭來的時候表情猙獰。卜心彤眼睛一瞪，那小鬼差點腳軟。

「乖。」肥龍摸摸那孩子的頭。

「你說，祂想去買一個地方住？」卜心彤問道。

肥龍點頭，抓著那孩子推著祂的頭，也跟著點頭。

「詳細說說，什麼地方，為什麼是那裡，在那裡幹麼。」

由於要透過肥龍跟那孩子溝通，這過程非常冗長而破碎，楚大胖都在旁邊打呼了，事情才大概有個輪廓。這得從這孩子的故事說起。之前大致知道了一些，更詳細的部分是，當初虐待孩子的兩個大人，一個是祂的媽媽，年紀很輕就未婚懷孕，另外一個不是爸爸，是年輕媽媽的男朋友。小孩的爸爸是誰，說不定連媽媽本人都不知道。

那一兩年之間，小孩活在水深火熱之中，媽媽的男友只要喝酒或者心情不好，就會凌虐孩子，孩子遍體鱗傷，身上一堆被菸燙傷的疤痕。後來我查找了網路新聞，發現這孩子死後驗屍，除了墜樓的傷之外，內臟有著已經很久的內傷，可以知道那惡劣的人有多麼狠心。

兩個大人都被起訴了，但是不知道為什麼，那男的被收押，媽媽卻交保出來，然後棄保逃逸。小媽媽最後躲在山上的一個舊房子，然後死在了那裡。

「是……怎麼死的？」世充問道。

不知道。孩子莫名地知道了媽媽在那邊過世，而且現在很痛苦。

我問卜心彤，死去的人有辦法給另外一個死去的人託夢之類的嗎？聽起來就很不可思議。卜心彤說還真有，但不是託夢，而是一種類似情緒感染的方式，只能在母子、母女之間發生，因為孩子是從媽媽的身上孕育出來，如果子女年紀不大，沒有被社會的烏煙瘴氣干擾太多，是有這種因為先天依存而能感應的情況。

痛苦的原因，大概是因為那間房子裡面，有著「原本的住民」，小媽媽等於是外來者，不受歡迎。我聽了之後很疑惑，跟肥龍說，那小媽媽本來就不是好東西，男孩何必非得過去不可？這不對啊，生前對自己的孩子見死不救，死後受點折磨不是應該的嗎？

我才說完，那孩子從肥龍身後衝出來，對我張牙舞爪，卜心彤一個劍指，口中念念有詞。肥龍趕緊把孩子抓回身後，「乖、乖。」不停安撫著孩子。

世充要我少說幾句，畢竟孩子對母親的感情，不是那麼簡單可以否定的。我哼了一聲，即使孩子那麼氣憤，我也這麼覺得，而且不會改變我的想法。作惡的人都應該有報應，否則這個世界哪裡來的公平？

好不容易溝通完了，楚大胖不知何時醒了過來，說道：「那地方我好像知道啊，應該不是房子，是工寮，那裡很多這種工寮，是很久以前山上還能砍樹的時候留下來的。那地方怎麼能住人？那小媽媽跑去那個地方不是自尋死……」

說到一半，楚大胖看了看小男孩，趕緊閉嘴。

我們安靜了一下，等卜心彤的說法。過了一下，卜心彤開口說道：

「不行，這件事很危險，我不同意。」

這裡不歡迎我們

我躺在床上翻來覆去，就是睡不著。

肥龍拉著那個孩子，不停跟卜心彤磕頭，但卜心彤完全不理會，幾乎是說走就走，馬上就離開了「情趣」。我是不大希望去解救那個什麼小媽媽的，但我從那孩子眼中看出了難過以及悲傷，想著如果是我，我會想辦法回去救媽媽嗎？親情這件事果然一言難盡，在那孩子被折磨凌虐的時候，我相信祂一定很絕望，自己最愛的媽媽在旁邊袖手旁觀，那種感覺真的真的很讓人不忍。

但即使如此，祂還是想回去找媽媽嗎？

那一夜，我徹底失眠了。

隔天一早，看見垂頭喪氣的世充，我猜他也沒怎麼睡。

這事情就卡著，沒有上去也沒有下去。那天卜心彤這麼決然地走了，說實話我也不敢再去問她，肥龍偶爾在店裡晃蕩，感覺好像沒事一樣，但我可以感覺肥龍也很著急，只是鬼的著急我們人類看不出來罷了。

「你覺得肥龍怎麼樣？」

過了幾天晚上，楚大胖過來吃飯，世充喝了兩杯，問我。

「嗯……一開始還會怕，畢竟在那『裡屋』，肥龍真是恐怖到了極點。後來祂似乎幫了我不少次，加上整個鬼看起來很無害，我還滿喜歡祂的。」

「一房不容二胖，總有一天我要把祂趕出去，那個死肥仔。」楚大胖說。

然後，肥龍突然出現在他臉前面，嚇得他哇哇大叫，三字經連發。

「畢竟像朋友，你們覺得該不該幫忙？」世充說。

楚大胖立刻反對，說卜小姐這種大人物都說危險，我們趕著去是活膩了？

我說，那小乖雖然有時候表情嚇人，但終究是個好孩子，那次看房，祂也沒多為難我。雖然我不太同意救那個小媽媽，但為了祂，我覺得可以試試看。世充點頭，他也這麼覺得，但問題是，這其中會不會危險？

小乖這個名字是肥龍取的，因為還不錯我們就跟著這麼叫。祂自己是不知道自己的名字的，或者是忘記了，或者是……從祂被生下來，一直都沒有人叫過祂的名字。肥龍拍著胸脯，表示有危險，不怕，祂在。我看肥龍之前趕走那些惡作劇的靈體那種霸氣，不知怎麼的，竟然有點信心。

我們計畫了一下，楚大胖在旁邊堅決反對，經過我們良好的溝通之後，最終讓他負責接送，並且只要在車上等我們就好。因為必須晚上過去，如果我們找不到回來的路，時間一到就讓楚大胖拿手機的閃光燈照一下，指引我們。這些事情必須瞞著卜心彤，我們討論了一下：首先，準備好大量的冥幣，用來安撫那個「原有住民」；接著，事先準備好買賣契約，跟祂嘗試交易。若真的不行，就拿這些冥幣買通祂，至少放小乖的媽媽離開。

左右沙盤推演了許久，發現除了那個原有住民是不確定的因素之外，其他事情並不複雜。為此，我跟世充還趁著店休的時候開車去了那個地方一趟，發現那裡的山路實在不好

開，加上彎彎繞繞，可能中午過後就得出發才行。

楚大胖看了農民曆，選擇了一個比較好的日子。

宜：祭祀、出行、遷居、開光

忌：納財、官司、嫁娶、求嗣

因為山路難行，路小且顛，我們沒有開楚大胖的進口休旅車，反而開世充的二手小車。楚大胖塞在那個駕駛座，繫上安全帶像東坡肉。出發之前我們招呼了肥龍，確定肥龍知道了以後，就這樣往新竹出發。路上楚大胖時不時講起自己當年在新竹混跡江湖的事，什麼竹東四公子、北埔一條龍，講得跟真的一樣。我們的目的地在峨眉鄉的山上，中途楚大胖實在繃得難受，停下來抽菸放尿很多次，差點就要耽誤了時間。我們計算過，應該可以在午夜十二點以前搞定。

如果拖過了十二點，事情可能會不妙。我們幾個不專業，但自己拿捏一下倒是沒什麼問題。出來的時候，世充還讓我帶上那把黑色小刀，兩顆鐵珠子也拿了，世充還一個人發了一個廟裡求來的護身符。

這樣塞塞、停停，加上楚大胖錯過了高速公路交流道，最終到達目的地的時候已經傍晚，天都暗下來了。我們下了車伸展筋骨，依照之前肥龍轉述的大概路線前進。必須等到真正天黑，肥龍跟小乖才能出來帶路，在此之前，我們只能依靠自己。楚大胖待在車上，要我們自己小心。

這裡的路在谷歌地圖上面是存在的，但更往上去轉往只能徒步的小路，谷歌地圖上就沒有了。前面我們還算輕鬆，雖然缺乏爬山的經驗，但我平常也會跑跑步做做伏地挺身訓練自己，這一點難度不算什麼。手裡拿的是專門買的爆亮極光LED手電筒，穿上防風外套，我跟世充徒步前進。

一開始還頗有學生時代夜遊冒險的感覺，走到後面覺得有點喘，腳也痠得很，疲勞以及喘氣覆蓋了我全部的注意力。

「等等。」

世充叫停。

如果不是他喊停，我們幾乎就要錯過那條小路了，往左邊一轉登上階梯，這坡度簡直快不讓人活了，我一邊走，一邊懷疑那小媽媽怎麼有辦法找到這個地方。這一路上有時候旁邊的樹枝會岔過來，得低頭前進，有時候路上沒有階梯只是土路，路上還會有木頭擋著，得連爬帶攀才能過去。

此時我們戴上釣魚用的頭燈，打開之後突然看見一個影子在我前面，我大驚之下差點拐了腳踝往後倒，還好世充一把抓住我。我仔細一看，是肥龍跟小乖，我幾乎就要破口大罵，肥龍你好端端一個大胖鬼，出來之前也打個招呼。就這樣一路往上，我們幾乎是跟著小乖往前，祂與肥龍總會在前方不遠處等著我們，而我耳邊只剩下自己氣喘吁吁的聲音。

終於到了。

眼前是一個挺高的大型工寮鐵皮屋，頭燈的光線照射下，看不出是什麼顏色，一扇白鐵門在我們眼前，四周堆滿了棧板、廢棄的工具，還有一台老式腳踏車，俗稱鐵馬。我順了順呼吸，拿出手電筒四處照了照，是個很普通的地方，鐵皮屋有氣窗，位置比較高，即使我踮腳也搆不到。夏天已經過去，這裡沒有蟬鳴，但偶爾會傳來一陣一陣蟲叫，或者青蛙叫，伴隨著風吹過樹葉窸窸窣窣的聲音。如果不是來跟這裡的「原先的住民」打交道，我竟然有一種來遠足的感覺。

肥龍跟小乖在白鐵門口，我跟世充過去，我問肥龍怎麼不像之前那樣直接穿透過去就好。肥龍回頭看著我，像看白痴，我才知道在這裡肥龍沒辦法那樣，簡單來說這裡不是祂的主場，沒有主場優勢的概念。我試著轉開鐵門，發覺門沒鎖，但推了推卻被東西卡著。世充過來幫手推了推，發現裡面好像什麼東西抵著，用力推會聽見地板摩擦的聲音。我休息了一下，準備發狠用力把它推開，世充拉住我，要我跟著他繞了整個鐵皮屋外圍一圈。

「發現了什麼沒有？」他說。

我們走回鐵門旁，我搖頭。「什麼也沒有。」

「肥龍，小乖的媽媽後來有被人發現嗎？我是指她最後的……遺體。」

肥龍點頭，這裡算是爬山客會經過的，嚴格說起來不是什麼過分偏僻的地方，有爬山客帶著狗上山，好像是因為狗狗的異狀才發現小乖的媽媽。

「也就是說，遺體的部分是有人過來處理過的，然後才離開。那麼，離開之後，是誰把東西擋在門後？」世充說道。

我一聽，覺得有道理，便道：「難道是又有人跑進去了？」

話才說完，屋子裡面突然發出巨大的聲響。那一秒鐘我知道了，應該沒有人跑進去。因為那個聲響之大，好像全世界的力量用力「捍」了一下這個鐵皮屋，發生「嗡嗡」的鐵皮震動聲響。

鐵門旁，一個掌印凸出來。

我與世充連連後退。看來，這裡不是很歡迎我們。

不，應該說這裡的住民，想殺了我們。

門裡面的東西

「滾！」

肥龍對著鐵門大吼。聲音讓我們忍不住摀起耳朵。

鐵門「哐噹」一聲打開了，世充拿手電筒朝裡頭照了照，之前抵著門的東西不見蹤影。

突如其來的劇變讓我們都嚇壞了，此時我瞧見小乖「咻」地一下衝進去了屋子裡，我一急就想跟著往前衝。

世充抓著我，對我搖頭。

「先看清楚狀況再說，畢竟小乖不是人，短時間內不一定有事。」

接著從後面的大背包拿出一大塑膠袋的冥幣，點起一根菸，把這些冥幣放在地上。

「燒！」

我接過打火機，刷了幾下都點不著，有些急了，打火機差點掉在地上。世充夾著菸的手有些抖，拍拍我的肩膀，要我穩著點。

冥幣點起來之後，火「唰」地一下熊熊燒了起來，我打開身上的背包，也掏出一大袋冥幣，撕開袋口就往火裡頭扔。說也奇怪，這火燒得旺滅得也快，過了好一會兒，就慢慢變成黑灰發紅的點點星火。

世充喃喃念著，這些錢給您當作一點心意，我們來是想跟您溝通，這地方看能不能讓那小媽媽暫時居住一下，您別為難她。如果不行，那讓我們把她帶走。

說完之後，我抬起頭，肥龍雖然是靈體，但肢體動作讓我感覺祂很著急，確認我們燒完了冥幣，祂吼了一聲，跟著衝進去屋子裡。我心一橫，拿出口袋裡的小黑刀，硬著頭皮也跟著衝進去。才衝到門口，就看見肥龍被扔了出來。我碰觸不到祂，世充跟過來，問肥龍還好嗎。

「楊樹，走。」肥龍說道。

我看了世充一眼，弄不明白肥龍是要我趕快進去，還是趕快離開。

突然裡面傳來小乖的尖叫，那是幾乎要把玻璃震破的那種尖銳，我有些擔心，拔腿就想往裡面衝，此時世充抓著我，把我往後一扔。

一塊木棧板摔在我剛才的落腳處，「砰」的一聲，揚起了大片塵土。此時我看不清狀況，肥龍也不見了，世充抓著我就拚命後退，一直退到之前走上來的小坡那邊，他拉著我趴下，低下頭不讓頭燈照到那屋子。

「楊樹，事情有點不太對，這傢伙好像根本沒辦法溝通，而且，我總覺得小乖說的有問題，這事情肯定沒那麼單純。」

我知道，這顯而易見，但小乖那裡肯定出了事，加上肥龍現在不見了，我們應該怎麼辦才好？世充說，如果現在卜心彤在就好了。我說現在講這個沒意思，要不要進去看看狀況？

世充奇怪地看著我，說道：「楊樹，你有沒發覺你的膽子突然變得很肥。」

「這不是膽量的問題，現在肥龍跟小乖都在裡頭，你說應該怎麼辦？」

世充顫抖著點起菸，說道：「楊樹你冷靜一點，祂們是鬼，我們是人。祂們已經死了一次，但我們可沒辦法承受死一次，這時候最好的處理方式就是撤，趕緊撤，然後我們再想辦法。」

我搶過他的菸，狠狠地吸了一口：「世充啊。」

你有沒想過，今天如果是你在裡面，我會怎麼樣？

世充沒有說話。

「我知道肥龍跟小乖不是人，但……怎麼說呢？終究跟祂們相處過，不說肥龍幫了我幾次，小乖生前又這麼可憐。就說眼前這狀況肯定有問題，讓我這樣眼睜睜看著然後自己先走，我……可能做不到。」

「你呢？如果今天是我在裡面，你會先撤嗎？」

我問完之後才覺得自己智障。

這問題太尷尬了，難道他會說自己決定見死不救嗎？我趕緊說，但我心裡是希望你可以先撤的，你去找救兵，免得大家一起白白送命在這裡。

世充沒有說話，抽著他的菸。過了一會兒，他拿出包裡的所有冥幣，一捆一捆地塞在自己身上，把自己塞成一個胖子。

「你幹麼？」

「跟著做，快點。最起碼可以緩衝一下保護身體。」

我們把自己塞成了有硬硬的角的胖子，那冥幣卡在身體跟衣服中間，有點難受。世充扔了菸，死命踩了幾下，對我說：「等等我們進去，務必小心，有什麼狀況你先走，不要回頭，如果沒狀況，我們找到小乖跟肥龍，讓祂們跟我們一起走，聽清楚了嗎？」

我點頭。

世充伸出手指，比著三。

然後二。

然後一。

唰。

我站起來，同一時間又重重落在地上。

「幹，這什麼東西？」

之前在「裡屋」看見肥龍，我以為是我見過最噁心的東西了，沒想到我真的錯了。眼前是一個骷髏一樣的乾屍，整個乾乾癟癟的，空洞洞的眼眶低下頭，脖子還不停左右扭動，嘴裡咬著一個長頭髮的頭顱。左手好像展示二頭肌一樣舉起來搖晃，右手抓著另外一個乾屍，沒有頭。

祂脖子一邊扭動，我看見祂咬著的那顆頭，在哭。

「楊樹，走！」

肥龍！肥龍被踩在那個乾屍的腳底，巨大的身軀影子很淡薄，幾乎就要消失了一樣。

「走！快走！」

「啊！！！！！」

我還來不及反應，從那乾屍的脖子後面，像蛇一樣爬出一個東西，陰慘慘地對著我們笑。我一愣，這不是小乖嗎？

然後我就被拉了一把，整個人摔倒在地。

小乖突然衝前，要不是世充把我往後拉，我就要被祂撲到臉上。我大喊：「小乖，是我，你在幹麼！」小乖手腳著地，背脊拱著，第二次向我撲來。我手一抬，拿著那黑色小刀胡亂一劃，「咻」地一下，小乖怎麼來就怎麼退回去，趴在地上瞪著我。

「幹！」

那乾屍突然揮手，世充挨了一記，摔到旁邊去。

轉眼之間我看見兩個亮晃晃的東西飛過去，喀噠一聲。

那個乾屍咬著世充扔去的鐵球。

「嗝嗝嗝嗝嗝嗝……」

就這麼一秒鐘的時間，我聽見了耳朵旁邊傳來小乖的聲音。

「嘻嘻嘻嘻……」

我大驚，往旁邊一滾，覺得頭被什麼東西重擊了一下，整個人一昏，感覺鼻子下面、人中那裡熱呼呼的。

「天三門兮地四戶，此法問君不足畏。三為生氣五為死，甲子直符愁向東。」

卜心彤站在我旁邊兩步，解開自己的馬尾。馬尾飄散如同孔雀開屏，真美。

閉上眼睛之前，我看見楚大胖氣喘吁吁，扛著世充往我這邊走來。接著，我就什麼都不知道了。

屍陀羅

黑暗彷如漩渦將我吞噬，唯獨這樣的旋轉一下正轉、一下倒轉，腹中一股難受的噁心。嘴裡鹹鹹的，除了血的味道之外，還有一股秋天剛除草之後的氣味。我睜開眼睛，世充正看著我，楚大胖仰躺在地不停地喘氣，卜心彤雙手撐地跪著。

「我躺了多久？」我問。

「十分鐘，十五分鐘吧。」世充說道。

環顧四周，這裡很黑，其實多數東西都塞在黑暗裡，像是鑲嵌進去一樣看不分明，雜物一堆，根本無法形容出確實有哪些東西。只知道我們窩在一個角落，世充感覺很頹喪。他跟我大致說明了一下，我才知道楚大胖一個人把所有人拉到這裡，這是鐵皮屋子裡面的一角。至於楚大胖跟卜心彤怎麼會突然出現，楚大胖喘著，帶著一堆三字經說，你知道你們去了多久嗎？

「多久？」我疑惑，我們上山，這裡不是什麼深山老林，滿打滿算也就三、四個鐘頭罷了。

「兩天。」

楚大胖說。一直到天亮了我們都沒回來，楚大胖菸都抽完了，感覺事情不對，又不敢自己一個人跟上來，畢竟他連確實地點都不知道。話說回來，我們都是靠小乖帶路才找到的，何況楚大胖。

他估量事情嚴重了，趕緊回程找卜小姐。這麼一來一往，加上卜心彤準備了一些事物耽擱了，就這樣，這已經是第二天的晚上了。看我一臉不敢相信的樣子，世充拍拍我，說他自己也很難想像，但確實已經一整天過去了。

我轉過去問卜心彤：「你沒事吧？」

卜心彤伸出一隻手，對我揮了揮：「不是叫你們不要過來嗎？」眼看氣氛有點尷尬，楚大胖在旁邊說道，要不是卜小姐，你們都要被那個什麼陀螺還是駱駝的啃了。

「什麼陀螺？」世充在旁邊說道。

卜小姐說：「這東西可能是傳說中的屍陀羅，這個屍陀羅究竟幹什麼的，怎麼會這麼凶，我就不知道了。」

「那……肥龍跟小乖呢？」我問道。

世充搖頭，卜心彤似乎這時候才緩過氣，盤腿坐了下來，說道：「是不是屍陀羅，我自己也沒把握，目前這裡還算安全，能維持多久我也不敢保證，希望能撐多久就撐多久吧。」

「這屍陀羅到底是什麼？」我問道。

卜心彤說，屍陀羅的說法幾乎都要亡失了，畢竟當年國民政府來台，很多傳承都因為這樣沒了，加上對面有十年浩劫，這些傳統的說法、流傳下來的典故也幾乎消失殆盡。卜心彤會猜測這是「屍陀羅」，主要還是小時候在家裡看過一本古書，上頭畫過類似的圖，只是那屍陀羅是骷髏，這個屍陀羅卻還沒完全變成骨頭。模糊的印象中，屍陀羅最早出現在藏邊，是頭被砍掉的厲鬼化身而來，好像還會搜集屍體或者亡靈，驅使作為自己的手段。

至於怎麼解決……

卜心彤老實地說，無論如何她自己是想不到辦法了，只能在這邊弄出一個空間，或者說是結界，暫時糊弄一下那個屍陀羅。等到屍陀羅反應過來，我們就看誰的肺活量比較大，能跑比較遠。

我一聽頭都暈了，怎麼跟電影演的不一樣？一般來說我們有主角光環，不是應該順利地披荊斬棘，一路奮勇向前，解救蒼生於無邊苦海之類的嗎？

我看著楚大胖，罵道：「你怎麼不帶我們下山，跑進來這裡不是送死嗎？」

「你看我這樣子有辦法帶著你們幾個跑贏那個死駱駝？你娘卡好，要不是你們兩個自己過來找死還拖我下水，我他媽的會在這裡跟你們像個逼央一樣？我幹你的，給我過來，我踹兩腳再說，過來！」

我閉上嘴，這事情確實是我跟世充兩個搞出來的，偷瞄了一下卜心彤，見她沒有什麼太大的反應，我才稍微鬆一口氣。這樣看來，確實是我們在找麻煩，倒楣的卜心彤又被我們拖下水了。

鐵皮屋子裡頭，不定時會發出一些聲響。有時像是走路在地上拖的聲音，有時像是不小心碰到了什麼。卜心彤強調，無論如何，都不要踩出去。我往她手指的地方一看，地上繞著我們這個角落，鋪了一條圓弧形的古錢，我跟世充身上本來的冥幣，統統被放在這個範圍的外面。看著這古錢，我突然想起上次在肥龍那個屋子，卜心彤用了「貢香」，旋即艱難地從背包裡取出一把很粗的貢香，遞給她，道：「不知道這個有沒有用？」

這貢香還是我出發前特地去買的，像不像三分樣，一些我知道的東西還是得準備。卜心彤搖頭，說我這個是祭拜用的普通貢香，沒用。我說這貢香還有分？她白了我一眼，說你知道我那個「太白貢香」要多少錢嗎？你以為是這種普通的可以代替的？

我不懂什麼太白太黑貢香，這時候我只想找出所有可以自救的東西、所有方法。

但我頭還暈著，剛才那一下不知道是小乖砸的還是那個屍陀羅敲的，疼死了。這裡到底為什麼會有這個恐怖的屍陀羅呢？卜心彤搖頭，她也不記得這屍陀羅到底怎麼形成的，畢竟那本古書是她很小的時候看過，印象也不深。我看卜心彤一直拿著手機，問她怎麼了。她說，這裡沒訊號，她得找一個有收訊的地方。

報警？

她搖頭，警察在這裡用處不大，她要搬救兵。

一聽到救兵，我以為是陰兵借道那種，我一說出來，卜心彤愣了一下，小聲說：「對啊！」她放下手機，看著我說道：「楊樹，你提醒了我，雖然不知道有沒有用。不過這個救兵還是得找，等會兒我會出去，想辦法弄一個陰兵借道出來，你們幾個拿著我的手機，聽到我的命令之後，衝出去，往山下衝，找到能收訊的地方。」

她把螢幕給我看，上面一個聯絡人，名字很怪，叫做殺豬的老頭。

「打給他，叫他過來殺豬。把位置大概跟他說就好，然後你們趕緊走。」

又來？我有點怒：「你又想來那套英雄主義？不要鬧了，這事情是我們搞出來的，然後我們先走，放你一個人跟那個什麼屍陀羅在一起，你覺得合理嗎？」

楚大胖在旁邊說：「合理，我先走絕對沒問題。」

要不是我全身虛脫無力，我一定先揍這個胖子。

「楊樹，你覺得你在這裡，能幫上忙還是妨礙我？」

我頓了一下，說不出話來。

確實啊，我什麼也不會，一股熱血想幫忙，說不定在這邊還會礙事。這感覺難受得不得了，事情是我搞出來的，然後讓卜心彤替我們收尾，我們還先跑，我簡直想殺了自己一樣難過。

楚大胖接過手機，按了幾下，確定撥不出去之後，拉了拉我一把。

「別妨礙卜小姐做事，該我們走我們就走。」他說。

卜心彤站起身，整理了一下上衣，露出一個充滿自信的表情，微笑，看著我們。我很想說點替她打氣的話，那個關頭卻什麼話都說不出來。卜心彤用腳尖踢開一個古錢，回過頭看了我一眼，那眼神有種說不出來的怪異，好像是看著我，又好像只是看著我們，要我們準備好，無論如何我都形容不出那種神情。

我背好自己的背包，稍微活動一下腿腳，待會兒得死命衝刺。

卜心彤踏了出去，那一秒鐘，我直覺有點不妙。太平靜了，平靜得像……那個什麼屍陀羅根本就已經不在外面一樣。卜心彤扔了一個東西出去，遠遠地發出一聲「喀」。她往前衝刺，我們幾個也準備好，準備在聽到她的指示往外衝，誰知道她衝出去兩步，立刻調轉頭回來，對著我們說道：

「咦，你們怎麼在這裡？」

第五章　一切都來不及了

只有我能走出的鬼擋牆？

我們幾個脖子伸得跟烏龜一樣看著卜心彤，搞不清楚狀況。

「我們……一直在這裡等你啊。」我說。

卜心彤臉沉了下來，四處看了看，二話不說再次衝了出去。就在我們眼前，卜心彤一個轉身又直直往我們這裡衝回來。

「擋住了。」她說。

話說回來，身為局外人看著別人鬼擋牆這個體驗，實在是太有趣了，她不過跑出去幾步而已，就自己轉頭衝回來，有點搞笑。這搞笑持續不了太久，卜心彤指著楚大胖：「你出去看看。」楚大胖一聽當場就反對，嚷嚷著一出去說不定遇到什麼妖魔鬼怪，他的命很值錢等等。世充嘆一口氣，順著被卜心彤踢開的那個孔洞，往外走。

一模一樣的狀況，世充果然又自己走回來，然後說道：「我發誓我真的走直線，怎麼可能你們在我前面呢？」

此時搞笑也不好笑了，如果連卜心彤都中招，那我們就兩眼開開，準備投胎了。不，依照卜心彤的說法，我們或者連投胎的機會都沒有了。卜心彤試了幾個方法，包含念著不知道是什麼的經文，口袋裡面的香灰（我就說她一定還有珍藏的曲屠香灰）撒在身上，最後甚至拿出一張Ａ４紙貼在自己臉上，雖然很搞笑，但這個當下我們說什麼也笑不出來，因為最終，卜心彤跳著跳著又跳回來了。

看來，不是我們窩在這裡躲那個屍陀羅，而是那個屍陀羅把我們圈禁在這個小小的地方。卜心彤把那影印的Ａ４紙隨手一扔，我第一次見到她這麼沮喪無奈的樣子。楚大胖隨手把那張紙撿起來，碎念著：「敗家子，好東西還隨手扔。」此時我們只能窩在這個小小的地方，基本上有楚大胖在這裡卡位，我們幾個坐著膝蓋都得碰著膝蓋。本來偶爾會發出聲音的鐵皮屋，從不久前開始安靜得嚇人，幾乎連我肚子的咕嚕聲都聽得見。

世充丟了一條巧克力給我，我拆開咬了兩口，發覺自己真是餓壞了，沒兩下就吃光光。伸手想再討一條，世充看著楚大胖，說道：「沒了，那是我幫你硬留下來的，其他的零食都被楚哥吃光了。」

我看了看他一身肥美的東坡，只好作罷。這裡夠髒亂了，我便隨手把巧克力外包裝往前面一扔。

「等等。」世充說：「你幹什麼？」

「命都要沒了，就亂丟個垃圾而已，沒那麼嚴重吧？」我有氣無力地回答。

「不是，你剛剛往前扔了？」

「是啊。」

他站起來，拿出手電筒閃了兩下，四下移動不知道找些什麼。我的手電筒在之前外頭飛起來那一下恐怕就已經掉了，頭燈就更不用說了，早不知道飛哪裡去。手機也完全死機，世充手裡的手電筒雖然快掛了，但可能是我們唯一的照明。畢竟這裡頭實在太暗。

「找什麼啊？」我問。

卜心彤好像觸電一樣，也站了起來跟著四處查看，就我跟楚大胖兩個一頭霧水。

「讓我們有點參與感吧，找什麼啊到底！」楚大胖一邊罵一邊跟著看。

世充看了我一眼：「你剛剛扔的包裝紙。」

我明明往前扔了，怎麼可能會……還沒說完，我就明白了。我們走出去就會自己繞回來，那東西扔出去理當也會自己折回來才對。我們找了半天，垃圾是一堆一堆，但就是沒有剛剛那個巧克力的包裝紙。

世充看著卜心彤，說道：「你剛剛也扔了東西，應該沒找到吧？」

卜心彤點頭，歪著頭不知道想些什麼，我感覺這裡有一些微弱的可能性，記得曾經在書上看過，鬼擋牆這種事情，究竟是幻覺還是真正物理上的鬼擋牆，想證明很簡單：對著前面開槍，如果子彈飛回來，那就是真正物理上的鬼擋牆，如果沒有……

「要不然，我也出去看看吧。」我說。

剛才兩個人都出去了，沒兩步就自己繞回來，想來也沒多大的危險。

危險是沒有，我就想像著自己是拯救大家的英雄，也不知道為什麼在這樣的情境之下我還能那麼智障。我往前走到被移開一個古錢的那個開口，還刻意轉過頭看著大家，露出一個我覺得可以得獎的微笑，然後往外走。根據剛才的經驗，差不多兩三步我就會看見他們重新出現在我眼前，世充說，就好像其他人會瞬間移動一樣，突然就跑出來。

我計算著腳步，第一步，第二步。到第三步的時候，我伸出手，好像對著後面告別一樣擺了擺，我猜他們看見我的動作，肯定覺得很帥。第四步，第五步。

我他媽都走了快十步了，我的快樂夥伴也沒有出現在我眼前，那一秒我知道要糟了，我可能真的走出來了，而且只有自己一個人。

幾乎沒有任何戰鬥力的一個人。

那個卜心彤是假的？

正當我被孤獨以及無助的恐懼覆蓋全身，我的頭被推了一下，睜開眼睛才發覺他們在我的眼前。

「我回來了？」我問。

「你回來了。」世充點頭。

我趕緊把剛才自己多走了很多步的事情告訴他們，我以為至少世充會很驚喜，想辦法透過這件事找到一些端倪，但世充卻冷淡到了極點。楚大胖在旁邊盤坐著，手放在膝蓋上像個彌勒佛，閉著眼睛也沒理我。卜心彤則背對著我蹲著，不知道在地上畫著什麼。

「我說，我剛剛差點就走出去了，你們不興奮嗎？」我疑惑道。

沒有人回答我，除了世充表情古怪看著我以外，其他兩個人各自做著自己的事，連眼角都沒瞥我一眼。這狀況本來應該發怒的，但我覺得毛骨悚然。

眼見世充好像臉有點抽搐，眼角抖著，我猜他有話想跟我說，就自己靠到最角落，抱著膝蓋坐下。我像自言自語一樣，把頭埋在兩個膝蓋中間，悶聲說著：

「到底怎麼了？」

世充往我這邊湊過來，在我耳邊很小聲說著，雖然讓我耳朵很癢，但我的心更癢。不是很香豔刺激那種癢，是徬徨害怕的那種癢。

「你走出去以後，卜小姐跟在你背後，露出很奇怪的笑。接著就蹲在那裡不知道幹麼。我們看著你走了兩步就停了，楚大胖看你停了很久，去把你抓回來的。」

被抓回來的？不對啊！我記得我是自己走回來的啊！

我抬起頭，偷偷看了一眼卜心彤，她還背對著我們，還在地上畫著什麼，上半身有些小晃動。「楚大胖又怎麼回事，怎麼不理我？」

「別管他，他比誰都精明，肯定也察覺了不對勁。」

我把頭重新埋在膝蓋中間，這事情真的太多太複雜了，我只想好好躺下睡一覺，什麼都不想管了，誰想殺我想幹麼，就隨便吧。

「楊樹，你猜卜小姐在幹麼？」世充問我。

我抬起頭瞄了一眼：「在地上畫符吧。」

「不對，你看她像不像……蹲在那裡笑？」

我轉過頭，死死盯著卜小姐。「不對，我覺得這個傢伙，好像不是卜心彤。」

猜。

對。

了。

卜心彤的聲音一個字一個字在我耳邊響起，如同她就靠著我的耳朵，對著我吹氣一樣。

世充渾身一抖，楚大胖已經拔腿就往外跑。我站起身，一陣暈眩，被世充拖著也往外跑去，就在這一秒鐘，我聽見左邊前方大約……十點鐘方向，傳來卜心彤的聲音。

「現在，跑！」

鬼拍手

還要你說，我們早跑了。

這個時候不必跑得比鬼快，只要跑得比楚大胖快就好了。

大概不到十秒，我就發現楚大胖向著我們的方向跑來，一邊跑，一邊大叫：「你娘的，你們怎麼跑在我前面！」

我停下腳步，氣喘吁吁，世充也跟著停下。

過了一下，楚大胖又從我們前面跑來？

「你們兩個搞屁啊，怎麼又在我前面！」

他往前幾步之後停了下來，渾身肥肉抖了抖。

「楚哥，別跑了，我們被擋住了。」世充說。

楚大胖上氣不接下氣，肥短的食指指著我們，另外一隻手撐著膝蓋。

我跟世充簡單分析了一下，卜心彤第一次踏出去結界之後，應該是真的成功了。而走回來的是什麼，不得而知。第一個可能是那個屍陀羅；第二個可能是屍陀羅的小弟；第三個可能，那個卜心彤是個幻覺，只是剛好我們三個有同樣的幻覺。

在此之後，我們就被限制在這個範圍，也就是鬼擋牆。從這個方向回推，第三個可能，卜心彤是幻覺，就不成立。因為我們確實走出去然後走回來，身體是有感覺的，客觀上也有同行者見證。那麼，第二個可能跟第一個可能性就大增。

但如果那個假的卜心彤是屍陀羅假扮的，那麼也很沒必要，畢竟屍陀羅一巴掌拍過來，十個楚大胖都得死，沒道理這樣耍我們玩。既然如此，那麼是屍陀羅小弟的機會高一點。我這樣分析完，楚大胖同意地點頭。

世充皺眉，說我們應該有漏掉些東西。雖然我們現在出不去，但感覺暫時還是安全的，剛才那個奇怪的卜心彤聲音，聽起來惡作劇大過於惡意，那麼，我們重新思考一下，看看究竟漏掉了什麼。

楚大胖沒想參與我們的討論，說這種動腦的事他不行，蹲在那裡不知道在撿什麼。我跟世充討論了半天也沒討論出顆鳥蛋，正喪氣不已的時候，楚大胖手心甩著，清脆響亮的硬幣聲。

「那是什麼？」世充問道。

「卜小姐的銅錢啊，扔在那裡多浪費，說不定都是古董。」

「你把銅錢拿起來，就不怕屍陀羅跑過來？」我一驚。

「卜小姐不是去處理那個了？反正最後我們都要跑，幹麼不撿起來再跑？」

我一聽，怎麼好像很有道理似的。

「等等，會不會是因為那個銅錢，所以我們還有結界保護，怎麼都走不出去。現在楚哥拿起來了，我們要不要再試試？」世充說道。

「但這樣還是沒解釋那個假的卜心彤吧。」我問。

「姑且就當作是那個什麼屍陀羅的小弟假裝的好了，現在最重要是得先出去，依照卜小姐的計畫尋求外援。」

走吧。

我們走吧。

世充招呼一聲，楚大胖第一個往前衝，世充緊跟在後。

我猶豫了一下，想跟在後頭，突然發現右前方不遠處，地上有一顆圓圓的，灰色但是發亮的東西。我頓了一下，這好像是在蘭姨那裡，卜心彤拿到的那顆「往生石」啊。就這麼一頓，世充跟楚大胖已經跑遠了，我想，來去就這麼幾秒鐘，牙一咬，衝到那往生石的地方，彎了腰撿起，趕緊再往世充跑的方向跟過去。

撿起這個往生石，世充的背影已經快要看不見了，我加快速度，即便現在腿軟無力，我還是鼓起最後的力量往前衝刺。

跑到前面，我已經可以看見右前方有著一點光亮，鐵門就在那裡。楚大胖跟世充已經衝出去了，我邁步向前，隨後撞到了一個東西。因為全力前衝，那反作用力狠狠地扛在我的脖子上，我幾乎是反彈一樣倒在地上，背脊一陣痠麻劇痛。

我前面什麼都沒有，但我確實撞到了一堵牆一樣的東西。等我仔細一看，一個模糊的影子擋在門口，正轉過頭看著我。

「肥、肥龍？」

走啊，楊樹！

正確地說，我撞到的是肥龍，但轉身的不是肥龍。那個屍陀羅就擋在門前，肥龍趴在地上，雙手朝後被那屍陀羅拉起，上半身懸空，腰部被屍陀羅一腳踩著，怎麼說呢，感覺肥龍就像水上摩托車一樣。

我腦海裡的肥龍是極其恐怖又雄壯威武的，這時被這個更加威武的屍陀羅踩著，我覺得整個世界都要毀滅了。隱隱約約，我好像聽見肥龍的腰，被那屍陀羅踩得「喀喀」作響。

屍陀羅那乾癟的臉拉開一道縫隙，看起來是在笑。空洞洞的眼睛好像會把我吸進去一樣，一邊抖著晃著，一邊踩著肥龍往我這邊靠近。我心裡什麼神明的名字都念了，後面也沒路讓我退，那屍陀羅使勁踩了踩肥龍，我耳邊傳來肥龍淒厲的嘶吼聲，瞬間我又是害怕，又是憤怒，整個腦袋都脹起來。

肥龍仰著的臉對著我，痛苦不堪而且雙眼通紅。我有不祥的預感，肥龍現在的模樣，愈來愈像當時在裡屋裡頭發狂一樣。不妙，如果不快點想辦法，肥龍很快就要不是肥龍了。

「楊樹……」

「楊樹……」祂齜牙咧嘴彷彿用盡全力，忽然之間不知道怎麼地撞開了屍陀羅，往我這邊血盆大口衝過來。

那恐怖的氣勢排山倒海，瞬間我想到卜心彤曾說過靈體受傷會吞食靈氣修補……這下，我眼睛閉上萬念俱灰。

砰，巨大的聲音。

我沒死。

睜開眼睛一看，肥龍擋在我前面，承受了屍陀羅伸手一掌，穿透了祂巨大厚實的胖碩身體，肥龍悶哼一聲，似乎承受巨大痛楚。

我瞬間感到羞恥。肥龍不是要吃我，是要救我——

「楊樹……」肥龍開口。

你怎麼不跑？

楊樹你怎麼不跑？

肥龍的聲音傳來，我心很酸，很酸。

肥龍啊對不起啊，我剛剛不但要跑了，還懷疑你要吃我。對不起啊。

看到你現在那麼難受，我真覺得自己不是人。

我眼睛模糊了，然後往肥龍那裡掙扎爬去。我知道我現在很冷靜，但眼淚止不住一直掉。短短的幾步路時間，我想了很多很多。從小到大，我究竟是什麼樣的人呢？我看見了危險或者直覺麻煩的事，是選擇視而不見掉頭就走，還是時時刻刻想著同甘共苦？

我想起這次事情的經過。

究竟是因為我真的很同情小乖所以過來這裡，還是我只想扮演那個「好人」，做好這個人物設定而已？我對自己有很深沉的失望。那種悲傷又失望的情緒覆蓋著我，即使我覺得有點不太對，這個關頭我也太情緒化了，但這種感覺讓我有贖罪的感覺，我很享受。肥龍，對不起，我來了。我來陪你了，你並不孤單。

「楊樹！」

肥龍一聲怒吼，我驚醒過來，抬起頭，發現自己被屍陀羅的另外一隻腳踩著，那力道之大，我的眼淚都噴出來，腸子好像要被絞碎一樣。

我不明白為何我突然就到了屍陀羅的腳下，或者屍陀羅為何突然就踩著我，但我知道我肯定中招了。卜心彤說得對，我確實連一點反抗的能力都沒有，屍陀羅根本不必出力，我就自己湊到祂腳底了。掙扎沒有用，連肥龍這樣的體型跟能力都被踩著，我只能想辦法多呼吸一口，然後看自己的腸子到底長什麼樣子。

這個時候，我跟肥龍都在屍陀羅腳底。突然間我發現自己又可以呼吸了，我大口喘氣，肥龍嘶吼了一聲，我才知道屍陀羅的腳離開我的腰，高高舉起，看起來似乎想一口氣把我踩爆那樣。

我艱難地轉過頭，使勁往肥龍那邊看過去。此時不要說逃，我連轉頭都要用盡全力。肥龍狂吼掙扎，我大概明白祂想救我，但這種狀況之下，誰能救我呢？

屍陀羅腳踩下來了。

我閉上眼，心想這或許是我人生的最後一刻了。真是沒用，每次遇到事情都覺得自己完蛋了。

一直沒有等到想像中的劇烈疼痛，我睜開眼，肥龍伸出一隻腳，擋在我的前面。此時祂的雙手還被向後反抓、如同被騎在身下一樣，雙手被扯開的聲音「喀喀喀」的。肥龍幾乎是用盡了全身的力量把腳延伸到我這裡，也因此祂的手幾乎要被扯斷了。噢不，那已經不算是腳了。如果血肉模糊是用來形容人，那麼此時也可以用來形容肥龍。我不明白，肥龍明明是靈體，為什麼也會有那種殘破血腥的樣子。

「嗚嗚嗚……」肥龍看著我，發出奇怪的低嗚聲。

你幹麼啊？你幹麼把腳擋在我前面啊？

那屍陀羅或許被肥龍激怒了，仰頭怒吼一聲，扯掉了肥龍的一隻手。

我腦中一片空白，只見屍陀羅抄起肥龍的手，就往我頭上砸過來。

我脖子一縮，聽見「噗」的一聲，就像擠壓扭轉一塊肉的聲音。

肥龍自己扯開了另外一隻手，擋在我的上頭，我看見肥龍的手砸在肥龍的脖子上，然後從上面一壓，我以為就要一起被肥龍壓在身下，沒想到祂硬是拱起自己的腰，我總算滾往旁邊。

「楊樹……」肥龍的聲音愈來愈弱，嘶啞而無力。

「肥龍你幹麼呢？」我呆呆地看著祂，不是我不想跑，是我真的真的沒力氣了。

肥龍變得非常模糊。怎麼說呢，就像一幅畫在太陽下晒久了，顏料褪色了那樣。滿身是血，雙手都沒了，用肩膀抵在地上，彎著頭看我。

但祂笑。

「雞排……」肥龍說。

雞排個頭啦，都這個時候了，還想吃雞排。我眼淚像水桶跌倒一樣不停狂流，很想搥祂一拳但是我也沒力氣。我想起肥龍蹲在垃圾桶前面，看著已經吃完的雞排油紙袋的那個樣子。

「肥龍，如果還有機會，我們再一起吃雞排。」

「楊樹！走！」

肥龍吼著，想把我推開，我看見祂一愣，發覺自己已經沒有手了，那眼神驚訝又帶著自責。還來不及反應，已見那屍陀羅一腳把肥龍踢開，我親眼見到肥龍支離破碎，糊得沒辦法再糊了。我躺在地上，看著眼前這一幕，覺得自己全身發寒。是心寒，也是身寒。

「肥龍啊。」我聲音嘶啞。「等我一下，我就來。」

屍陀羅往我這邊移動，我知道現在輪到我了，真的輪到我了，沒有肥龍了。我大字一躺，看著鐵皮屋的天花板喘氣。

對於這一刻我能這樣坦然，我自己有些意外，但也覺得自己很帥。我計算了一下，如果這是我人生最帥的時刻，我大概帥了……零點五秒。

「楊樹，往旁邊滾！」

我聽見楚大胖的聲音，好像很遠，又好像很近。

我下意識聽從命令就要滾到旁邊，但是我發覺身體根本就一點力氣也沒有，不要說滾了，就連動手指都難上加難。

「滾你媽啊！」我在心裡說。

一塊木棧板從我眼前飛過來，我心想，楚大胖的力量還真誇張，不過，砸到那個王八屍陀羅之前，我應該會先被砸爆吧。

這些事情幾乎都在轉眼之間發生，生命即將終結之前，那些畫面不像播放的，反而像雕刻的，死死刻在眼前。就在我心裡開心，如果能死在自己人手裡，絕對比死在那個死駱駝手裡好太多。

正準備閉上眼睛，我看見一個慘綠的可怕臉龐緊緊貼著我的臉。一下子像個孩子，一下子像個厲鬼，表情變來變去。我一愣。

「小乖？」

小乖之前已經攻擊我了，那時我還猜想，這件事要不是小乖也是局中的一分子，不然就是小乖被那個什麼死駱駝控制住了。這一秒我有點遺憾。終究還是得死在鬼的手裡啊。

小乖臉貼著我，然後往後退了一些。好像要看清楚我的臉一樣。

「乖。」祂說。

「乖！」祂指著自己。

「小乖！」祂笑了。

然後，祂一把將我推開。

遠遠地。

陰兵與屍陀羅

祂一把將我推開，我滾得遠遠的。

天旋地轉之下，我沒看見那木棧板最後扔到哪裡，只知道頭碰到旁邊的一個大汽油桶，敲得我眼冒金星。楚大胖衝到我旁邊，一把將我撈到他的肩膀上，一股臭汗味竄入我的鼻子。這時候也不能計較這些，我問他，小乖呢？

楚大胖沒有回答我。我再問了一次，楚大胖不耐煩地罵道：「乖你個頭，先管你自己，我他媽怎麼會回來救你這個蠢豬。」

世充也跑回來，我忍著腰腹的劇痛，把剛才撿到的往生石遞給他。世充看了看往生石，要我別擔心，剛剛那一瞬間，他好像看到小乖被拍飛了，至少沒有整個碎爛。說到這裡，我們都沉默了一下，想到肥龍大家都沒有心思再說些什麼。

楚大胖帶著我們跑回之前休息的那個地方，把我放下之後，轉過身去警戒地盯著那屍陀羅。那屍陀羅在原地轉，噁心的兩條手臂好像黏膩的舌頭一樣到處甩。我小心翼翼地開口，每說一個字，我的背就像被車子輾過一樣痛。

「楚大胖，救兵呢？」我問。

救兵？幹你媽的救兵。楚大胖說，他娘的好不容易衝到下面好一段路，終於有了訊號，打給那個殺豬的老頭，接都不接，最後只傳了個訊息過來。

楚大胖把手機遞給我，電量只剩下最後一點，沒有訊號。我勉強轉頭看了一下，訊息就兩個字。

已匯。

這……

我看傻了，這卜心彤跟這個殺豬的到底是什麼關係？

楚大胖說，最後他打了幾個字，說出事了，然後說了這個山的名字。也沒管究竟傳出去沒有，趕緊就衝回來了。

世充拉了拉我，往後退了一點，前方的屍陀羅不知道在找什麼，萬一找的是我們，就大大的糟糕了。

「卜小姐究竟到哪裡去了？」這時候，消失不見的卜心彤或者是我們最後的一根稻草，世充拿出那顆往生石，放在我們三個的正前方。

楚大胖一看就想往懷裡塞，世充踢了他一腳，收回來說道：「這裡不能久待，但出去的路被那屍陀羅擋住，楚哥你別亂動，我覺得這石頭可能是卜小姐最後的安排，此時我們只能從旁邊繞過去。那個大塊頭似乎在找小乖，趁這個時間，我們先移動。」

世充說完，問我還能跑不？我掙扎著起身，覺得腰腹處好像火燒一樣，根本感覺不到自己的腳。剛才那一下真的又摔又被踩，看電影主角好像怎麼摔都摔不爛，我自己卻隨便來一下就軟了。

「我勉強可以自己動，往哪邊？」我說。

這個角落要移動，沿著鐵皮屋的邊緣是絕對沒辦法的，到處塞滿了雜物。世充示意我們準備好，手裡拿著自己的背包，用力往右邊一扔。

「跑！」

背包摔在地上，發出「砰」的聲響，我們也沒時間看那屍陀羅的反應，我蒙著頭跟在世充背後，才走了幾步，我就幾乎不行了，世充在前面拉著我，我踉蹌地跟著，幾乎是走一步停一秒。我推了他一把，讓他先走。世充看著我，突然間就笑了。

「楊樹，你是我最好的朋友。」他說。

「少廢話，你先走，我保證一定會跟上。」

「往那邊直直走，就會出去。我跟楚哥說好了，你一定能出去。」

楚大胖回過頭，看了世充一眼，我急忙道：「你們說好什麼？」

我一把被楚大胖扛起來，連掙扎的力氣都沒有。

「快，照計畫。」世充說完，往屍陀羅那裡衝。

楚大胖幾乎同時往另外一個方向，我急了，大喊要楚大胖把我放下，不能自己跑。楚大胖也不理會我，我一直想著肥龍在我面前擋著屍陀羅，小乖也為了我被屍陀羅拍飛，現在世充又為了我自己往那邊衝去。

到底為什麼？

「別動。」楚大胖說。

然後他把我放下，我們竟然沒有真的衝出去，而是蹲在一個破爛的木箱子後面。世充手裡拿著一把冥幣，不知道哪時抓的，手裡拿著打火機點火。

「燒？」我問。

「沒其他方法了，不是燒了他娘的死駱駝，就是乾脆把整個屋子燒了，有種他媽的同歸於盡，誰怕誰。」

「這就是你們的計畫？」我暈倒。

「誰讓你剛剛逞英雄不跟著跑？你以為我想回來啊，外面空氣多好，人生還有一堆妹子等著我，我有兩個前妻一個小孩，跟你們在這裡玩命？」

世充刷著打火機，點燃，往旁邊一甩，然後拿著另外兩捆冥幣，湊上去點燃，往那個屍陀羅扔。

「時間到，跑！」

我也不算跑，一瘸一拐地跟在楚大胖的背後，我稍微回頭一看，世充也往我們這邊衝過來。但，那屍陀羅跟在後面，看那速度，世充還沒跟上我們，就要被追上了。

快啊。

世充你再快一點啊！

眼看世充就要被追上，他回過頭，扔了一個東西過去。

是往生石。

說也奇怪，石頭扔到屍陀羅之後，祂真的停了一下。

世充趕緊跑過來，但就在我眼前一步，他緊急煞車，整個人像溜冰一樣。

「快啊。」

「稽首本然淨心地。無盡佛藏大慈尊。南方世界湧香雲。香雨花雲及花雨。寶雨寶雲無數種。為祥為瑞遍莊嚴……」

卜心彤的聲音。

楚大胖拉著我們往後退，一直退到腳跟都靠在了最邊緣的垃圾上。

就看見卜心彤披散著頭髮，從旁邊走往那個屍陀羅，走了幾步，突然往旁邊一跳，讓出個空間出來。

陰、陰兵。

楚大胖嚇壞了，坐在地上腳拚命往前踢想後退。

不對。

從卜心彤讓開的地方走過來的，跟我之前看過的陰兵完全不同。之前的陰兵像極了披著斗篷的面具人，身量高到不行，搭配走著會大幅擺動的雙手，氣勢很凶猛。而眼前這些……只是影子，雖然一樣很高大，但身影不顯。

「馬的，這又是什麼？」楚大胖驚呼一聲。

我趕忙推了他的鼻子，讓他閉嘴。卜心彤念著經文，這些像透明影子一樣的陰兵往屍陀羅的方向走去，除了楚大胖濃濁的呼吸聲之外，其餘一點聲音也沒有。那是一種相對的安靜，耳邊是卜心彤念經的聲音。

屍陀羅完全不動，那像陰兵一樣的影子徑直往那裡過去，卜心彤一邊慢慢後退靠近我們，持續念著經文，直到那陰兵走到屍陀羅的身前，就要撞上去的時候，屍陀羅發出一聲尖銳的叫聲。

「嗡」的一聲，我感覺自己眼冒金星，鼻孔一熱。手一摸，鼻血流下來了。楚大胖直接往後一仰，就栽倒在地。我手撐著地，努力讓自己睜開眼，那屍陀羅突然回身一轉，兩手晃啊晃地，好像幼時看過的廟會王爺一樣，一下子就不見蹤影。

念誦經文的聲音停下來，我稍微抬起頭，看著卜心彤。世充也是鼻血直流，隨手抹了一下，過來問我狀況。我點點頭，讓他先去看看楚大胖，猜想他是真的被這麼一吼，完全脫力了。

「老頭子沒有聯絡到嗎？」卜心彤一開口就問。

我搖頭，世充把之前發生的經過敘述了一次，我看見她也愣了。

「那是陰兵嗎？」我問：「那屍陀羅就這樣被趕跑了？」

卜心彤搖頭，拿出一條紅繩，讓我伸出手，在手腕的地方綁了起來。紅繩挺長的，接著她讓世充也綁了，楚大胖也是。這時候楚大胖好不容易清醒過來，除了流鼻血，連嘴巴也咳出了一點血，剛才那個倒栽蔥恐怕碰得不輕。

綁紅線的時候我們都沒說話，知道這肯定有些用意，但卜心彤沒解釋，我們也不敢問。我看見卜心彤手指頭上都是血，忍不住還是開口了。

「你的手怎麼了？」

「先別說這個，我等等說的事情，你們要聽清楚，千萬不可以漏掉。」

等一下你們離開，第一步都必須踩著這些白米。記得，不可以衝出去，用走的，到門口之後停下腳步。紅線不可以斷，千萬記得，不可以斷。

這屍陀羅是有東西控制的，那東西我找不到，祂可能在我們身邊，也可能是我們當中的誰。不找到那個控制的東西，或者人，這事情就不會結束。我剛才念《本願經》，讓那傢伙以為我真的招來了陰兵，所以祂決定先避風頭，實際上我沒辦法招來陰兵，那是假的。

等一下祂就會發現不對，必定會再出來。那時候一看到屍陀羅出現，你們兩個立刻學雞叫，我沒有喊停之前，必須不停地叫。楊樹你學狗叫，叫得愈大聲愈好，不要停。如果發現任何東西靠近你們，不要逃，待在門口，千萬不可以移動。不管我怎麼了，你們都不可以動，如果感覺起風了，記得，這是最重要的，如果感覺有風吹來，立刻咬破自己的舌尖，然後把帶著血的口水往身前噴。

聽明白了嗎？

你們咕咕咕我汪汪

渾身都不對勁。

一種發自心底的寒意讓我有些發抖，事情都還沒開始，光是聽卜心彤交代這些，就讓我難受得要命。

此時，我聽見尖叫聲在前面響起，聲音不大，有點朦朦的。就像那聲音被悶在水裡，但還是發出來了一樣。

聽起來像小乖的聲音，我有點擔心。卜心彤一邊說著，中間聽到這聲音，她微微頓了一下。

「小乖跟肥龍……」她說完，我問道：「祂們怎麼了？」

卜心彤低頭看了下自己的手，指甲尖還滴著血。她搖頭，沒有說話。

好像下定了什麼決心一樣，卜心彤在我們前方撒了一把白米，一把不夠再撒一把，好像她身上有一個米桶一樣。

「走。」她說。

一如往常，逃命時刻總是楚大胖第一個，看他嘴巴還啐著血，動作還挺靈活的。世充接著上前，我要踩上那白米之前，看了看卜心彤一眼。

「謝謝。」我說。

卜心彤對著我揮手，眼睛看著其他地方。

「走吧。」世充催促我，楚大胖在前頭不耐煩地等著。畢竟我們被紅線拉著。

我點點頭，踩上白米，跟著往門口的方向走。

我邊走邊回頭，看見卜心彤走到剛才屍陀羅待的地方，不知在擺弄些什麼。他們兩個先在鐵門前站定位，我才走過去，就聽見恐怖的嘶吼從身後傳來。楚大胖瞪大了眼，我趕忙回過頭去，看見那屍陀羅果然出來了，聽聲音似乎還是在我剛站好的時候就立刻出現。

卜心彤不矮，此時站在那屍陀羅之前，卻嬌小得像個玩具一樣。之前幾次很靠近這屍陀羅，還沒辦法感覺體型的差異，這麼一看，我們哪裡有辦法對付這樣的怪物？

「咕咕咕！」楚大胖跟世充開始學雞叫，我才想起自己的任務。

「嗚……汪汪！嗷嗚汪汪！」

「波波波……」楚大胖發出波波聲，我回頭看他。

馬的，雞會這樣叫？楚大胖說，雞吃米就這樣叫。世充倒是雞鳴嘹亮，我學著狗叫，覺得自己很蠢，但不敢違背卜心彤的指示。

我們都盯著卜心彤跟屍陀羅，腳底熱，很熱，鞋子都要穿不住的熱。好長時間沒有喝水，我學狗叫，叫得口乾舌燥。屍陀羅很躁動，出乎意料地並沒有立刻攻擊卜心彤，黑洞洞的眼反而望著我們這裡。接著我們聽見了「窸窸窣窣」的聲音，低頭一看，楚大胖叫了一聲。

「蛇！」

卜心彤回過頭：「繼續，不要停下來！」

就這麼一耽誤，屍陀羅往前了一步，卜心彤像被推了一把一樣，上半身後仰，身體折成了一個超越極限的角度，再硬生生拗回來，看得我腰都痛了。事實上我現在腰的確很痛。

「咕咕！」楚大胖繼續叫著，成群的蛇，最粗有我小手臂一半那麼粗，不知道哪裡冒出來的，在我們前方大約三十公分吐信。

「別亂動。」世充說。

卜心彤一再強調要我們不能動，即使那些蛇揚著頭做出攻擊的樣子。三十公分大家都知道，但那是什麼概念？如果是新台幣，那距離挺遠的，如果是吐著舌頭的蛇，三十公分就跟爬在身上差不多概念，渾身的雞皮疙瘩。

這個時候，屍陀羅開始跟著卜心彤繞圓圈。感覺詭異得好笑，就是你一步、我一步，國標舞一樣。同時我們三個互看了一眼，手腕上的紅線熱燙燙，此時腳底也燙、手腕也燙，如果這屍陀羅再繼續下去，我們三個都要變烤鳥仔巴。

「天上地下，唯我獨尊。」

卜心彤一聲大吼，停下腳步伸出她的大拇指。

這話我之前聽過，在肥龍的那個裡屋，當時我聽了只覺得超「中二」，好像什麼動畫裡面會出現的台詞一樣。當我發現卜心彤手指伸出去，身體一瞬間好像矮了一截，我才知道這句話好像不能亂喊，是發大絕招了。

她伸長了手，但距離那屍陀羅的額頭還有好長一段距離，兩人身材差異太大了。整個屍陀羅最詭異的部分，其實不是那乾癟的身軀，而是祂那兩隻手總是呈現奇怪的角度，一手往上反拗著，手心朝身側，一手放在下面，手心朝著正前方，依著一個詭異的幅度移動。

那幅度愈來愈大了，我總感覺下一秒就要碰到卜心彤，就在這個時候，一陣風吹了過來，我感覺頭髮都被吹起來了。

「楊樹，快！」世充鼻子一皺，噴出一大坨口水。

我感覺自己的肩膀好像有人拍著，知道此時不能遲疑，一咬舌尖。

痛。

非常地痛，我眼淚都飆出來了，但終究感覺到一點鹹鹹的味道，然後我張口就往前噴。

肩膀上的觸感消失了，楚大胖噴了我滿脖子，我手一摸，都是他的口水，我回頭瞪了他一眼，叫你往前噴，你噴臭口水到我身上幹麼。

楚大胖一臉驚恐，用沒綁紅繩子的手指著我，說道：「剛才你肩膀上有東西。」

我問他們，都沒感覺風吹過來的時候，有人拍肩膀嗎？

他們都沒有，我猜我是比較倒楣，壞事都讓我遇到。

卜心彤跳了起來。

我看見她跳得極高，右手拇指點往屍陀羅的頭。

我心中叫好，然後看似高大笨拙的屍陀羅頭一歪，就閃開了。卜心彤落回地上，像獵豹一樣盯著屍陀羅，我猜這樣跳躍很耗體力，她氣喘吁吁。此時屍陀羅一擺手，我捏緊了拳頭，好險卜心彤腰一彎，閃了過去。

那些蛇揚著的頭放了下來，一條、一條往卜心彤那裡過去，我有點急，大喊了一聲「小心蛇」，卜心彤回過頭，臉色有點難看。這樣僵持不下讓我們心懸著，這時候我突然覺得有點古怪，轉過頭一看。

壞了。

世充拉掉手上的紅繩，往旁邊跑過去。

「你幹麼？」楚大胖反應比我快，大吼著。

世充回頭看了我們一眼，說不出那眼神是什麼用意，我餘光一瞥，他追的方向好像有個黑影往前竄。

紅繩一掉，屍陀羅突然狂爆了起來，大腳一踩，卜心彤雖然艱難地閃了過去，但看樣子好像腰被蹭到一下，只見她摸著腰，趔趄著往一邊靠。我不知道該去追世充還是待在原地，那邊發出碰撞的聲音，那黑影看起來不是奇怪的物事，恐怕是人。但眼前最要命的是這個屍陀羅，楚大胖是卜心彤的忠實擁護者，他在原地一動也不動，我猶豫了一下，之前每次我想幫手，最後都壞事，經驗告訴我，我這種地獄倒楣鬼體質，最好就是待在原地不要添亂。

但我忍不住。

我拔腿往世充那裡追去。

跑到屋子盡頭，我沒看見世充跟那個人影，然後我聽見了一聲：

「楊樹。」

趴下！

乖

聽見這句話，我整個人順勢趴下去，下巴磕到地板，我覺得腦袋差點從脖子上飛起來。

我順勢一翻，變成正面朝上。

屍陀羅在我眼前，正舉著腳。我知道下一秒我就會變成碎肉，趕緊再往旁邊一翻，心跳快得我都要暈厥了。

但屍陀羅的腳還在我頭頂。

絕望。

那一秒鐘我腦袋一片空白，只有心跳聲，急速的心跳。

我看見卜心彤從旁邊飛撲過來，楚大胖似乎還在門口那裡，世充不見蹤影，只剩下我一個人面對這屍陀羅。我想，這麼一路幾乎披荊斬棘地走到這裡，是不是編劇還是導演搞錯了？屍陀羅為什麼在我眼前？

那一秒我充滿了怨恨。

「乖！」

我聽見小乖的聲音。

後來無數次回想，我都覺得那種最後關頭被解救的感覺，讓我的心都軟了。

屍陀羅的那隻噁心大腳，被一個飛在空中的小鬼抱住。就這麼不到一秒的時間，我像一顆球一樣，往旁邊一直滾、一直滾，直到我撞上了一塊棧板，尖銳的邊敲到我耳朵前面的臉頰。

「乖！」

小乖回過頭，看著我的臉。

卜心彤跑過來，一根拇指壓在那屍陀羅的頭上。

屍陀羅一聲大吼，腳放了下來，我看著小乖，祂的頭還扭著，看向我。

然後，跟肥龍一樣，被踩在地上。

就破掉了。

肥龍破掉了，小乖也破掉了。

卜心彤拇指還在屍陀羅的額頭，我聽見水滴下來的聲音。

從她拇指前端，屍陀羅像融化一樣，成片成片的水流下來。光線不夠，所以我不知道那水是什麼顏色，也不知道有什麼味道。屍陀羅維持踩著腳的動作，慢慢地、慢慢地從卜心彤的指尖，變成一灘水，然後就沒了。

卜心彤一屁股坐在地上，楚大胖衝過來，趕緊扶著她。

我還在小乖最後不見的那個地方看著，就這樣看著。

「小乖不見了。」我說。

小乖在雨中不見了。

肥龍也沒有了。

我癱坐在地。

卜心彤掙脫開楚大胖，往我這裡走過來。

彎下腰。

給了我一巴掌。

醒過來之後

後來的事情，是世充跟我說的。

卜心彤那一巴掌之後，我就撐不住倒了下去。後面救護車以及警方過來的事，我一概不知。我不明白這巴掌究竟是為了打醒我，還是責備我一意孤行導致後來這些危險，但那都不重要了。

世充看我躺在病床上懨懨的，告訴我卜小姐也不是真的生氣，叫我出院以後去跟她道個歉，畢竟出了這麼大的事，最終還是她幫忙解決的，她會生氣也是理所當然。我問世充後來怎麼了，那屍陀羅是不是真的就被幹掉了？

世充說，屍陀羅這件事，因為警方來得快，當下也沒有多討論。後來根據卜小姐的說法，屍陀羅是被人召喚出來的。那人可能就是世充看見的人影，他追了過去，不顧一切想抓住那個人，結果那人真的太快了，只抓到一頂帽子。

他把那帽子遞給我，我搖手，現在我不想看。

屍陀羅確實消失了，卜小姐確認再三，並且在現場簡單地處理了一下，應該沒事。只是……

他說到這裡吞吞吐吐，最後嘆了一口氣，說我看到卜心彤自然會明白。楚大胖是唯一身體健全的，世充都在急診室待了一個晚上，他一身肥肉，卻還堅持自己要躺一躺急診，最後被護理師轟了出去。

我的問題還好，脫水，有輕微的橫紋肌溶解症狀，後腰的地方有明顯的瘀青，身上大小幾個外傷並不礙事，就是有一點腦震盪，所以得留院觀察幾天。

隨後我們兩個就安靜了下來，一直到楚大胖進來病房，大聲嚷嚷這單人房的錢是他付的，叫我務必要好好感謝他。對於一些事情，我們都沒說開。一直到這氣氛實在太壓抑了，他們兩個出去抽菸，我待在病房，獨自一個人想著肥龍跟小乖，眼淚就止不住。

我刻意不問他們肥龍跟小乖，但我知道世充沒有提起，事情大概就是我看到的那樣了。我想，如果我不要自作主張，會不會肥龍不會破掉，小乖也不會破掉？祂們都是已經死了一次的，但我隱約有種感覺，屍陀羅或許會讓祂們那種靈體徹底破掉消失，從此以後就不再存在這個世界。想到這裡，我不敢繼續想下去。

肥龍跟我去看房，幫我趕走那些想嚇我的詭異靈體。

或者是在家裡，看我們吃雞排喝珍奶就興奮地湊上前來。

或者是肥龍說到，只要我們幫忙，小乖就會把很值錢的東西給我，小乖那個點頭的乖巧模樣。

住院這幾天，我就這樣悶悶的、懨懨的。旁邊放了一張名片，是那個奇怪的警察「羅三組」，要我恢復之後記得到警局做個紀錄。

基本上都是世充在病房陪著我，楚大胖也經常過來。這個膽小的胖子，有什麼危險跑第一個，偏偏又對這些詭異的事情特別感興趣。聽說還跑去卜心彤那裡問東問西，問到人家真的不爽了，才被轟出來。我懷疑楚大胖對卜心彤有意思，但這個念頭就閃了那麼一下，也沒心情拿出來開玩笑。

楚大胖說，如果不是世充拿那個往生石扔了那個屍陀羅一記，卜心彤也沒辦法召喚出假的陰兵嚇跑祂，或許那個當口我們幾個就交代在那裡了。聽到這裡我有點怪怪的感覺，但又抓不住什麼。也許真的撞著了腦袋，所有東西都模模糊糊的，費力想，就會頭昏腦脹。

世充確實很機警，一直比我冷靜也成熟許多，往生石的重要性在那種混亂的當下，也就他能記著。但我總感覺有一些不對，從蘭姨到肥龍，所有的事情都這麼順理成章，環環相扣，裡頭卻有一件很突兀的事，我有強烈的感覺，似乎快要抓住了，無奈頭太暈，思考不了幾分鐘，我就發昏。

學雞叫則是要讓那個操縱屍陀羅的人慌亂，畢竟雞有個特性，如果聽見有其他的雞先叫了，大家就會開始亂叫一通，而雞鳴代表早晨，屍陀羅在這種時候會特別難控制。我問楚大胖，那卜心彤有沒有說學狗叫是什麼用意，楚大胖兩手一攤，沒問。

「唉楊樹你是沒看到，那個卜小姐整個——」

「楚哥！」

世充拍了楚大胖一下，胖子一下子就閉嘴了。

「說吧，卜心彤怎麼了？」

「你看到她就知道了，我們不好說。」

出院那一天，我已經大致康復，就剩下頭還有點暈。除了腦震盪，最危險的就是橫紋肌溶解，好險我身體還行，現在也幾乎沒事了。

還沒等到我親自去跟卜心彤道歉，那一天我就在醫院門口看見她。

這時候我才知道他們欲言又止是為了什麼。

卜心彤戴著口罩，在門口看著我，背光，所以看不清她的表情。

一頭白髮。

你是人還是鬼？

「你的頭髮怎麼了？」我脫口問道。

世充在我身後推了我一下，打圓場道：「楚哥說今天請吃飯，我就約了卜小姐，等楚哥那邊手續辦完我們就出發。」

「所以你的頭髮到底怎麼了啊？」

卜心彤拉下口罩看著我。「新造型，好看嗎？」

我低下頭，大概猜到可能的狀況，抓了抓耳朵。「會不會死掉？」

最怕空氣突然的安靜。

我的頭被剛過來的楚大胖拍了一下，我回頭抗議，我可是有腦震盪的。

「不會啦，只是消耗太大，過一陣子就會恢復。」她說。

「等等我帶你去買染髮劑吧？」

巨大的無力感撲面而來。所以這件事，到底要有多大的代價？卜心彤像個沒事的人，扣除我昏迷之前的那一巴掌，一切好像都跟以前一樣。但我知道一切都不同了。卜心彤對著我笑，我覺得自己內心有著巨大的破壞，以往的所有都在我視野裡頭模糊。我還好好的，有點小毛病，但是最終會康復的。

肥龍沒有了，小乖也沒有了。她的頭髮都白了，那是用壽命為代價換來的我嗎？我後悔了，那時候我就該衝過去跟那他娘的什麼屍陀羅拚了，即使沒辦法同歸於盡，也好過現在內心的自責。那會燒死我的，真的會燒死我的。

我低下頭，不想讓人看見我的眼淚。

世充拍拍我的肩膀，我們上了楚大胖的豪華休旅車，卜心彤與我坐在後座，我試著想說些什麼，但她看著車窗外發呆，而我也不知道該怎麼扮演自己。我覺得他們離我好遠，雖然在同一台車上，卻不像在同一個空間。我知道那內疚感過度侵蝕了自己，但我無能為力。

到了餐廳，是一家在吉林路的有名中菜料理。附近很熱鬧，不遠處還有條夜市一樣的街。我們進去之後，或許我興致太低了，世充點了啤酒，我說我不能喝，養傷呢。他說我沒那麼脆弱，喝兩杯死不了。

一進入包廂，坐下之後，卜心彤讓服務生收走了多餘的餐具。我一看，五組。那瞬間我想到了很多，心裡一揪。還是習慣多擺一副肥龍的餐具嗎？

菜是極好，尤其那道翡翠豆腐羹。中間楚大胖跟世充去外頭抽菸，我獨自面對卜心彤有些尷尬，再加上只要看著那多一副的餐具，就整個鼻酸難受，沒多久我也晃了出去。跟世充拿了菸之後，他說去旁邊買個東西，我揮手，告訴他我要靜一靜。楚大胖先進去餐廳了，我蹲在菸灰筒的旁邊，像個流浪漢，流浪在這個人間卻覺得自己不該這樣，不該是我留著。

菸都燒到手指了我才反應過來，腦海裡都是在那山上發生的事。

「走啊，發什麼呆。」世充提著食物跟飲料過來，我看了一眼。

「菜都吃不完了，還買這些？」

珍珠奶茶，雞排。

「別說了，先進去吧。」

世充把雞排跟珍奶放在那個位子。

然後我就哭了。

對啊，肥龍最喜歡的珍奶跟雞排。我蓋著眼睛，不想被看見眼淚，但真正的哭泣是無法掩飾的，我心裡想的是好險楚大胖訂了包廂。

「楊樹。」

世充拍我，我低下頭，但搖頭讓他不必安慰我。

「楊樹，你……」他推了推我。

「我沒事，就是難過而已。」我低著頭說。

「楊樹。」

我說了我沒事啊！

等等。

我抬起頭。因為這不是世充的聲音。

然後，我看見了肥龍。

「幹！你是人還是鬼？」我大叫。

挖寶的時候到了

話才說出口我就知道不對，肥龍本來就是鬼。但我愣著，什麼話都說不出來。肥龍怎麼還在？肥龍影子很淡，不過我知道就是祂，那個大塊頭，眼睛瞇瞇看著我笑，但還是把鼻子湊上前去，聞著好香好香的雞排。

最不好意思的，是不管經過多少詭異的事情，突然看到鬼，還是會被嚇到。

「肥龍，你沒死？」我拍拍自己的嘴。「說錯了，肥龍你早就死透了，啊也不對。總之，肥龍你沒有被那個什麼屍陀羅的幹掉嗎？」

肥龍只是笑。卜心彤說，現在祂沒辦法跟我們說話，得好久才行，但稍微處置一下，出來露露臉還是沒問題的。胸口有一股灼熱，很難形容的感覺，那是種失而復得的快樂，而且是巨大無比的快樂。但旋即我又低落了下來。

「那……小乖呢？」

「那個小鬼頭是不可能過來的。」卜心彤說。

我嘆了一口氣。

「難過什麼？我把祂偷偷帶回去那個房子了。一般來說，這種意外身亡的是沒辦法離開束縛之處的，可能祂跟大胖鬼還是你有緣分，才被大胖鬼帶出來，但一離開那裡，祂連完整說話都沒辦法。帶回去那個房子才能讓祂慢慢恢復，也唯有這樣才能後續處理。」

我聽卜心彤說完，這才放下心。雖然我之前表現得像個智障文青一樣，但結局終究是好的，我開心得不得了，只差沒有過去抱住肥龍。卜心彤說，本來肥龍不會這麼嚴重的，虛弱是虛弱了點，但祂最後還是消耗掉自己的所有力量，在那山上提醒了你一下。

我回想，最後關頭我的確聽到一個聲音讓我趴下。那時我已經頭昏腦脹，身體都不是自己的，只有下意識的動作。沒想到那是肥龍，早知道我就不會那麼難過了，心裡憂鬱很傷身體的。

肥龍看著我笑，過沒多久就愈來愈淡，然後不見。

卜心彤說，看你一路那麼低沉，莫非是以為祂們都沒了？我尷尬地笑了笑，看了她頭髮一眼，沒有回答。

卜心彤似乎感覺到我的視線，摸著自己的頭髮說道：「亂想什麼，這的確會恢復的，不要一臉我快要壽終正寢一樣，這很複雜，很難說明白，總之不是什麼大事。」

我點點頭。

至少事情沒有我想像的那麼糟糕，這時候我深呼吸一口。

「卜心彤，我想我應該正式地跟你道歉。如果不是我一意孤行，也許事情不會這麼嚴重，我沒有聽你的，造成你的麻煩，真的很對不起，你打我是應該的，或者你可以連另外一邊的臉都打。」

卜心彤鼓起臉，一臉生悶氣的樣子：「所以，你以為我打你巴掌是生你的氣啊？」

不然呢？我愣了一下。

「那是為了……」她想了一下：「算了，就當我是為了修理你吧，這樣也不錯。」

什麼啊？幹麼每次話都說一半。

接下來氣氛確實好多了，我也喝了半杯的啤酒。卜心彤稍微解釋了一下那天的狀況，雖然世充跟楚大胖已大致讓我了解一些，但她說完，我才更可以窺得全貌。

我們鬼擋牆的時候，回來的那個確實不是真的卜心彤，那一段過程應該是有詭異的物事在作怪。假的陰兵，卜心彤試著解釋，總之靠念誦《地藏本願經》召喚出來的附近的靈體，藉由那個神奇的往生石才能做到，具體的狀況她說了我也聽不明白，總之那時間她不是消失了，是布置環境去了。

「不然你以為那屍陀羅會乖乖在原地？祂跑起來，可能你眨眼就把你幹掉了。」她說。

楚大胖在旁邊問，以後遇到奇怪的東西，是不是學雞叫就有用。卜心彤看了我一眼，說這也不一定，其實那天一個人學雞叫就好，讓兩個人一起叫是為了掩護。世充皺眉，問她要掩護什麼。

「我就想整一下楊樹，讓他學狗叫，但只有一個人學雞叫、一個人學狗叫，感覺太假了，所以才讓你們兩個都叫。」她說。

我滿頭黑線，楚大胖大笑，世充看著我，搖頭拍拍我的肩膀。

我甩開他的手，「汪」了一聲。虧我那天還學得那麼像。

「時候差不多了，我們走吧，再晚就來不及了。」世充說道。

「都這時間了，還去哪裡？」我問。

「挖寶。」

挖寶？

我叫吳ㄅㄧㄥˇ宏

我們偷偷回到那個國宅，這種老國宅要進去不難，基本上是開放式的社區。卜心彤上次也是隨便掰了理由，小乖之前待著的屋子的新屋主，竟然也就讓她進去了。這次我們不必進屋，肥龍跟在我們後面，雖然不能開口，但手指啊指，告訴我們這邊右轉、那邊走過去，在這個至少有幾百戶的國宅大樓間繞來繞去，總算到了一棵樹下。

「小聲點，就在這邊。」楚大胖拿出一把鏟子。

「還記得小乖說的值錢的寶物嗎？」世充說道：「就在這裡。」

卜心彤在旁邊雙手抱胸，明顯這種體力活她是不願意參與的。我剛剛出院，手腳無力，於是楚大胖就一下用鏟子，一下用手，跟世充兩人挖了起來。

小孩子挖洞埋東西，沒辦法太深，一下子就挖到東西了。

我見兩人停了下來，便跟卜心彤一起湊上去看。

把土拍開，世充打開手機的手電筒，我們都愣了。

那是一個鉛筆盒。

上面有幾個按鈕，按下去會有抽屜彈開，全部打開會像個變形金剛一樣，我記得我小時候也有一個。鉛筆盒裡面有幾枝筆，有螢光筆有鉛筆，鉛筆削得很漂亮，還有一塊橡皮擦，上面還寫著名字。

吳 ㄅㄧㄥˇ 宏

連自己的名字都要注音，我笑了。笑著笑著就哭了。

肥龍也在我們旁邊。

我在想，小乖的名字很好聽喔，吳秉宏，我猜是這個秉吧。祂應該很想上學吧，這鉛筆盒雖然埋在土裡，但裡面的東西都放得很整齊，橡皮擦也是全新的。小乖一定是很乖很乖的孩子，所以被打被罵了，還是把自己的東西收拾得很好。

對吧？

我很難過，到現在還是對小乖的媽媽看著小乖被虐待感到無法接受。卜心彤說，事情可能不是這樣。她在那鐵皮屋的現場，最後有看到小乖的媽媽。

「她身上也都是傷，應該不是屍陀羅弄的。」

她猜，應該是那個男的也打小乖的媽媽，小乖媽媽無法反抗，也不敢逃。最後出事了，交保之後才會想要逃到山上去吧。

誰知道那裡會有人弄出個屍陀羅，小乖的媽媽可能就是在那裡遇害的，但沒有證據，最後好像是以自殺結案，總之這事情還透露著詭異。

我把那個鉛筆盒拿出來，仔細地拍乾淨上面的髒東西，緊緊抓在手裡。如果可以，我願這個世界再也沒有這樣殘忍的事情。

我轉過頭，看向小乖那一棟的十三樓。

什麼都沒有，但我似乎可以感覺到，小乖對我揮手，耳邊好像還能聽見祂那稚嫩的聲音，對我說著：

「乖。」

後記

所有的悲劇，細細地品嘗一番，終究可以品出一點喜劇的味道。

在《鬼拍手》這個作品萌芽最初，心裡是有些掙扎的。對於懸疑與未知，一直都是我心中很喜歡的一塊，然而這些年寫作，甚少有讀者知道我竟書寫了許多懸疑、驚悚類型的作品。為了這部作品，我走了許多詭異的住宅房舍，問了許多有故事的人，最終發現，這些不可思議的背後，都有這樣那樣的一些悲傷存在。

而我竟然很難找到一點可以獲得微笑的片刻。

所以我告訴自己，無論如何一定要讓故事存在些許的歡樂，哪怕一點點都好，如果真實調查裡頭沒有，那麼我將它寫出來。有人的地方就有故事，書名乍聽之下很恐怖，但關於鬼的故事，何嘗不是關於人的故事。表面說鬼，骨子裡我說的是人。人說，人比鬼恐怖，我想說的是，有時候貧窮比鬼更恐怖，而有時候失去希望，才真正是最恐怖。

人心有溫暖就有冰冷，有光明勢必找得到黑暗，從一個又一個事件當中去尋找其中的奧妙，成了我此次寫作最大的樂趣，而這樂趣竟然驅使我，每天每天興奮地不停寫作，若非靠著意志力控制，我甚至都不想停下來。好久了，我都快要忘記說故事對我而言竟然是一件如此快樂的事，曾經當過寫作逃兵的我，格外珍惜。

對於未知，大多數人是恐懼的，只有極少部分的人對於未知有一種渴求。然而對我而言，所有未知就如獨自站在打擊區面對每一顆投手扔過來的球，進了捕手的手套，看仔細了，也不過就那麼一回事。「當你意識到眼前的狀況是你過往經驗所不能理解的，其實你的狀況已從未知邁向已知了」，於是未知的恐懼回頭過去看並不可怕，可怕的是未知背後的細微線索。而我妄想去探求那樣的線索。探索這些未知以及讓人擔憂害怕的線索時，我幾次感覺到身體極度的抗拒，那是生理上的，總有一些莫名的磁場如同高頻尖銳的聲音在阻止我，阻止我進入那些地方，阻止我的身體真實邁入故事裡的那些場景。

但我心理上明白，這或者是一個極難得的經驗，驅使我繼續往前，走入一個又一個未知的領域，一個又一個發生過不可思議事件的場景。透過「房屋仲介」這樣的身分並不特別，特別的是這樣的背景恰好可以揭露一些背後的人性。在驚悚故事當中探討人性，最能捕捉面對恐懼瞬間的反應以及抵抗。沒有走到那一個地方，許多人甚至不理解自己究竟是何種個性的人。於是，這一切又成了已知。

多麼令人感動的瞬間！

在恐懼中尋求自我、看見自己，往往會成為最重要的人生課題，同時也是我此次創作的重要核心。因為我曾經畏懼過，曾經不顧一切地逃離過，直面這樣的自己，我才能真正地面對寫作這一件事。

在我準備寫作素材時，有一次是這樣的。我開著車在高雄街頭尋找，好不容易找到了那個知名的詭異建築，停在對街看著，那建築正在整修，外頭是鷹架。心裡有一個聲音不停地告訴我，那裡不對勁，不要靠近。握著方向盤的手甚至有些發抖，不知道是因為太過用力或者是因為害怕。

最後，我熄火走下車，在建築的外面駐足了好一會兒。

那一秒鐘，我知道這個故事我可以寫完。戰勝自己的瞬間有時候並不是完成的那一秒，而是確定自己一定會完成的那一秒。

謝謝讀到這故事的所有人，一個故事在被讀者閱讀或者聽見的瞬間，才有了意義。我從來不是站在櫥櫃最頂端看著一切的貓，而是匍匐在所有人腳邊的犬。我所渴望的就是在一個又一個願意聆聽我的人面前，仔仔細細地說著一個又一個故事，直到我說不動了為止。

最後，希望你們可以從這個故事裡，找到一點喜劇的味道。

國家圖書館預行編目資料

鬼拍手/姜泰宇（敷米漿）著. -- 初版. -- 臺北市 : 寶瓶文化事業股份有限公司, 2022.07
面 ; 公分. -- (Island ; 318)

ISBN 978-986-406-304-8(平裝)

863.57 111009093

Island 318

鬼拍手

作者／姜泰宇（敷米漿）

發行人／張寶琴
社長兼總編輯／朱亞君
副總編輯／張純玲
資深編輯／丁慧瑋
編輯／林婕伃
美術主編／林慧雯
校對／林婕伃・劉素芬・陳佩伶・姜泰宇
營銷部主任／林歆婕　業務專員／林裕翔　企劃專員／李祉萱
財務／莊玉萍
出版者／寶瓶文化事業股份有限公司
地址／台北市110信義區基隆路一段180號8樓
電話／(02) 27494988　傳真／(02) 27495072
郵政劃撥／19446403　寶瓶文化事業股份有限公司
印刷廠／世和印製企業有限公司
總經銷／大和書報圖書股份有限公司　電話／(02) 89902588
地址／新北市新莊區五工五路2號　傳真／(02) 22997900
E-mail／aquarius@udngroup.com
版權所有・翻印必究
法律顧問／理律法律事務所陳長文律師、蔣大中律師
如有破損或裝訂錯誤，請寄回本公司更換
著作完成日期／二〇二二年五月
初版一刷日期／二〇二二年七月
初版二刷日期／二〇二二年七月一日
ISBN／978-986-406-304-8
定價／三四〇元
Copyright © 2022 Chiang Tai Yu
Published by Aquarius Publishing Co., Ltd.
All Rights Reserved.
Printed in Taiwan.
本書獲國家文化藝術基金會創作補助。

AQUARIUS 寶瓶 文化事業

愛書人卡

感謝您熱心的為我們填寫，
對您的意見，我們會認真的加以參考，
希望寶瓶文化推出的每一本書，都能得到您的肯定與永遠的支持。

系列：Island 318　書名：鬼拍手

1. 姓名：＿＿＿＿＿＿＿＿　性別：□男　□女

2. 生日：＿＿年＿＿月＿＿日

3. 教育程度：□大學以上　□大學　□專科　□高中、高職　□高中職以下

4. 職業：＿＿＿＿＿＿＿＿

5. 聯絡地址：＿＿＿＿＿＿＿＿＿＿＿＿＿＿＿＿

聯絡電話：＿＿＿＿＿＿＿＿　手機：＿＿＿＿＿＿＿＿

6. E-mail信箱：＿＿＿＿＿＿＿＿＿＿＿＿

□同意　□不同意　免費獲得寶瓶文化叢書訊息

7. 購買日期：＿＿年＿＿月＿＿日

8. 您得知本書的管道：□報紙／雜誌　□電視／電台　□親友介紹　□逛書店　□網路
□傳單／海報　□廣告　□瓶中書電子報　□其他

9. 您在哪裡買到本書：□書店，店名＿＿＿＿＿＿　□劃撥　□現場活動　□贈書
□網路購書，網站名稱：＿＿＿＿＿＿＿＿　□其他＿＿＿＿＿＿

10. 對本書的建議：（請填代號　1. 滿意　2. 尚可　3. 再改進，請提供意見）

內容：＿＿＿＿＿＿＿＿＿＿＿＿

封面：＿＿＿＿＿＿＿＿＿＿＿＿

編排：＿＿＿＿＿＿＿＿＿＿＿＿

其他：＿＿＿＿＿＿＿＿＿＿＿＿

綜合意見：＿＿＿＿＿＿＿＿＿＿＿＿＿＿＿＿＿＿＿＿

11. 希望我們未來出版哪一類的書籍：＿＿＿＿＿＿＿＿＿＿＿＿

讓文字與書寫的聲音大鳴大放

寶瓶文化事業股份有限公司

（請沿此虛線剪下）

廣　告　回　函
北區郵政管理局登記
證北台字15345號
免貼郵票

寶瓶文化事業股份有限公司　收

110台北市信義區基隆路一段180號8樓

8F,180 KEELUNG RD.,SEC.1,

TAIPEI.(110)TAIWAN R.O.C.

（請沿虛線對折後寄回，或傳真至02-27495072。謝謝）